KB200827

넘버

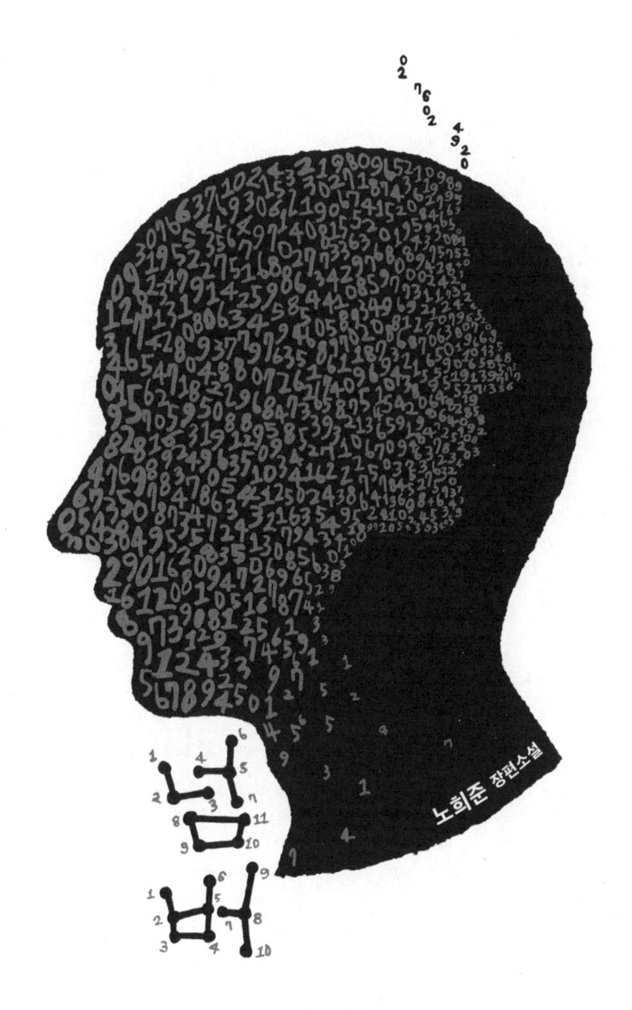

민음사

차례

A Number

그날의 파킹랏 번호는 B7 337번이었다.

그는 백화점 가는 것에 익숙한 사람이었다. 하지만 그날은 잠시지만 다른 차원의 현실에 던져진 것 같은 기분을 느꼈다. 사실 그런 경험이 처음은 아니었다. 매번 꿈처럼 겪고, 꿈처럼 잊어버릴 뿐이었다. 누구에게나 종종, 처음 마주치는 사람들과 물건들을 편안하게 바라보는 자신이 이상하다고 여겨질 때가 있다. 그에게는 그럴 때마다 미처 자각할 새도 없이 그를 습격하는 유령이 있었다. 그가 미시감(未視感)의 어지럼증을 느끼는 짧은 순간, 유령은 머릿속 기억들을 제멋대로 바꿔치기해 놓고 달아나 버리곤 했다. 유령의 습격을 처음 경험한 곳은 코엑스몰이었다. 쇼핑을 하는 동안 몇 시간 전에 입력한 숫자가 전생처럼 사라졌다. 그가 에스컬레이터에 타자마자 떠올린 번호는 일주일 전 들렀던 건설 회사 주차장의 파킹랏 번호였다. 한동안 그는 주차장 입구에 기둥의 일종으로 박혀 있었다. 앞에는 5000여 대를 동시 수용할 수 있다는 서울에서 가장 큰 지하 주차 공간이 무심하게 펼쳐져 있었었다.

얼마 전 휴대전화를 분실했을 때에도 그는 여자 친구의 전화번호를 기억해 내지 못했다. 새것을 사기 전에 유선전화로 연락을 해 두지 않으면 까먹은 걸 들킬 판이었다. 유선전화 앞에서 머릿기름을 짜는 그의 모습은 허리춤에 폭탄을 두른 채 해제 암호를 찾는 사람의 그것 같았다. 그러거나 말거나, 수화기 저편의 목소리는 한결같은 말만 반복했다.

지금 거신 번호는 없는 번호입니다, 확인하시고 다시…….

휴대전화 대리점으로 향하던 길에 그는 공중전화 박스를 보았다. 오래전부터 있었던 전화박스를 어제 갑자기 생긴 시설처럼 발견했다. 갑작스레 향수에 빠져 좀 전까지 절박하게 눌러 대던 번호의 옛 주인을 기억해 냈다. 입대한 지 한 달 만에 고무신을 거꾸로 신은 첫 번째 애인. 그녀는 일찌감치 번호를 바꿔 버린 모양이었지만, 그는 제대하는 그날까지 그녀에게 전화를 했다. '없는 번호'라는 말을 수백 번쯤 듣고 나자 그녀가 원래부터 '없는 여자'로 여겨졌다. 그 뒤부터는 없는 여자의 목소리를 듣기 위해 전화를 했다. 없는 여자의 목소리는 그의 공허를 뿌듯하게 채워 주는 힘을 지니고 있었다. 그가 사랑해 마지않는, 전화박스 옆 커다란 상수리나무의 잎들은 언제나 손이 닿지 않는 곳에서 흔들리고 있었다.

2년 6개월의 시간을 떠나오는 길에도 그는 버스 정류장 앞에 있는 전화박스 앞에 멈춰 섰다. 무엇에 쓰는 물건인지 몰라 궁싯거리는 사람마냥 쳐다보다가 안으로 들어갔다. '없는 여자'에게 전화하고 싶은 마음은 전역 신고와 함께 완전히 사라지고 없었다. 다만 그에게는 제대 날을 기다려 꼭 확인해 보자고 작정했던 번호가 하나 있었다.

0, 2, 7, 6, 0, 2, 4, 9, 2, 0

그는 군번을 외우지 못해 고문관이 된 사람이었다. 훈련소에서는 여러 번 기합을 받았지만 자대에서는 별 문제가 없는 듯했는데 첫 휴가 때 드디어 사건이 터졌다. 사복으로 여행하던 중에 헌병의 검문에 걸린 게 화근이었다. 신분증을 잃어버린 데다, 군번도 소속도 답하지 않는 그를 헌병이 연행한 건 당연했다. 소속을 숨긴 건 그가 특수부대 소속이었기 때문이다. 군복에도 부대 마크를 달지 않게 돼 있었고, 부대의 명칭을 알리는 것조차 보안 위반이었다. 헌병대에서 국방부로 인계된 후에 그는 풀려났다. 복귀한 후에는 주임상사가 옆구리를 찌를 때마다 군번을 외쳐야 했지만 매번 잘되지 않아 기합을 받았다. 군번이 서울 지역의 전화번호일 수도 있겠다는 생각을 한 후에야 가까스로 그 열 자리 숫자를 외울 수 있었다. 하지만 실제로 전화를 걸어 보기는 처음이었다. 그는 상수리나무 잎처럼 흔들리는 손끝으로 번호 하나하나를 정성 들여 눌렀다. 몹시 익숙한 목소리가 수화기에서 흘러나왔다.

지금 거신 번호는 없는 번호…….

그의 부친은 순서에 집착하는 사람이었다. 도시가스는 중간 밸브를 먼저 차단하고 레인지를 껐다. 컴퓨터는 본체 다음 모니터. 뭐든지 쓰고 나면 플러그까지 뽑아야 했다. 기상 후 할 일은 강아지 밥 주고 신문을 주운 다음 강아지 쓰다듬어 주고 화장실에 가서 세수, 아침 식사는 국부터 뜨고 반찬을 집은 다음 한 숟가락, 야채 먼저 고기 나중, 생선은 뒤집지 말고 머리 쪽부터, 물은 식사 마치고 10분 후에. 설거지는 반드시 컵 국자 수저 국그릇 밥그릇 접시 냄비 프라이팬, 신문은 경제면 정치면 사회면 문화면 스포츠 연예 십자말풀이 순이어야 했다. 덕분에 그에게는 군 생활이 쉬웠다.

새로운 규칙에 관한 한 부친은 창조적이었다. 어느 날 부친은 새로운 물건이 필요하면 정중하게 필요성을 설명하되 일단 거절당하면 절대로 다시 조르지 않는다는 규칙을 추가했다. 그 뒤로 그는 그 규칙을 한 번도 어기지 않았지만 과거의 그는 미처 그러지 못했다. 술을 마시고 들어올 때마다 부친은 과거의 죄를 추궁하여 현재의 그를 처벌했다. 새로운 규칙이 생길 때마다 그는 같은 원리로 부친의 방망이질을 감수해야만 했다. 압박을 받을 때마다 기억력이 떨어지는 증세는 그 무렵에 생겨난 것이라고, 지금의 그는 확신하고 있었다.

그가 만난 여자들이 하필 아버지를 닮아 있었던 것은 운명의 장난이 아니었다. 그건 바람둥이 아빠의 딸이 쉽게 바람둥이의 표적이 되는 것과 같은 이치였다. 당하다시피 첫 경험을 나눈 여자애는 일주일쯤이 지나자 그를 고소하겠다고 협박했다. 그건 합의에 의한 섹스가 아니라 일방적인 강간이었다고 주장했다. 조신한 이미지가 맘에 들어 사귄 첫 번째 여자 친구는 총각이 아님을 고백하자 키스를 하는 척하며 그의 혀를 깨물어 버렸다. 난데없는 공격을 당한 그의 혀는 사과하는 와중에 여자 친구를 첫 경험을 나눈 여자애의 이름으로 부르는 어이없는 실수를 했고, 덕분에 그는 다리 사이에 난 혀의 살점까지 물어뜯긴 채 여자 친구의 자취방에서 쫓겨났다. 이후에 만난 여자들도 '법률 불소급'의 원칙을 지키지 않기는 매한가지였다. 무심코 저지른 실수로 인해 형법이 바뀌고, 이전의 모든 무죄는 중범죄로 화했다. 그의 전 인생이 조사 대상이었으며, 헤어지기 전까지 수사 중지란 결코 있을 수 없었다.

이연은 달랐다. 이연은 그의 과거에 관심이 없었다. 그가 어떤 사람이었건, 무엇을 했건, 그녀에게 중요한 것은 그가 자신에 대해 무엇을 기억하는가였다. 덕분에 그녀의 사전에는 공소시효라는 단어가 없었다. 몇 년 전 그가 자신의 생일을 잊었던 일도 한여름 냉장고 문 열듯 끄집어냈다. 사실 그는 1층에 도착하고 나서도 한동안 백화점에 온 이유를 잊고 있었다. 무의식적으로 보석 매장을 향해 걸어가던 중에야, 얼마 전 자신이 불가리 신상 목걸이를 갖고 싶다는 그녀의 말을 기억해 냈음을 기억해 냈다. 그 기억이, 기껏 화끈한 사랑을 속삭이고 나서, 갑자기 그녀가 소리를 지르고 집을 뛰쳐나간 날 밤에 떠오른 것임은 더 늦게 떠올라 왔다. 최근 자신이 이 시간, 이 장소에 왜 왔는지를 깜박할 때가 부쩍 많아졌다. 애초의 계획을 되새기는 데는 긴 시간이 걸리지 않았지만 그럴 때마다 화난 선생님 앞에서 그럴듯한 변명을 찾는 문제아가 된 기분이 들었다. 어쩌면 사람은 생각하고 행동하는 게 아니라 행동하면서 생각하는 게 아닐까? 우연히 사랑에 빠져 놓고 뒤늦게 운명의 증거를 찾아내느라 바빠지는 연인들처럼. 그럴

리가. 그날 그가 백화점에 간 것은 이번만큼은 어떻게 해서든 지긋지긋한 망각의 부채에서 탈출하자는 의도였음이 분명하다. 이를테면 기억의 카드깡이랄까. 기억 불량자의 이 기억으로 저 기억 돌려 막기.

주차 대열에 합류하자마자 보석 값은커녕 보석금을 치르러 가는 심정이 된 것은 그 때문이었을 것이다. 돈 먹는 괴물의 배 속은 의외로 좁아서 주차를 하는 데만 30분이 넘게 걸렸다. 명품점이 스크럼을 짠 1층은 비교적 한산했으나, 여자들의 굼뜬 걸음이 그의 보행을 방해했다. 조급하고 다소 허정대는 걸음으로 그는 불가리 코너까지 걸어갔다. 점원과 대화를 끝내고 나서야 여유 있는 표정을 되찾았다. 전화로 미리 주문해 둔 목걸이의 포장을 기다리며 주위를 둘러보았다. 베테랑 증권 브로커답게, 옷차림과 태도로 사람들의 신용 등급을 어림했다. 귀뚜라미 서식지에 어울리지 않는 꼽등이 몇 마리가 금세 레이더망에 잡혔다. 저기, 명품 가방을 들었다 놨다, 주변을 지나치는 여자마다 힐끗거리는, 아이라인이 짙은 아가씨. 또 저기, 모피 코트를 입었다 벗었다, 점원이 곁에 없을 때만 가격표를 훔쳐보는, 커다란 반지를 여러 개 끼고 있는 아줌마. 가난을 숨기기 위해 더 가난해지는 바보들. 아무리 가면을 써 봤자 꼽등이는 꼽등이였다. 그들에게는 아름다운 공명을 내는 날개가 없으니까. 날개는커녕 십중팔구 몸속에는 연가시가 들어앉아 있을 것이다. 숙주를 탐욕스러운 좀비로 만들어 무럭무럭 자라고, 종국에는 자손을 퍼뜨리기 위해 강가로 몰고 가 익사시키는 지능적인 기생충.

이연의 전화는 그가 물 위에 동동 떠 있는, 껍질만 남은 꼽등이를 상상하고 있을 때 왔다. 반지를 찾아 주차장으로 가는 엘리베이터에 막 오르려고 할 때였다. 그는 소변기에 마지막 오줌 방울을 털고 난 사람마냥 몸을 움칫, 떨고는 전화를 받았다. 이번에도 잠시 미시감의 어지럼증을 느꼈다. 비딱해진 엘리베이터 안에 꼿꼿하게 선 사람들이 그를 일제히 쌩한 눈초리로 쳐다보았다. 타지 않겠다는 의사 표시로 그가 손사래를 치고 나서야 시선들은 각자 안도하는 표정으로 흩어졌다. 지구를 탈출하는 마지막 우주선의 그것처럼 문이 닫히고, 어정쩡하게 돌아서다 스텝이 엉킨 그는 그만 혀까지 꼬여, 누구세요?, 하고 물을 뺀했다. 이연의 음성이 이상하게 들렸다. 애인이 아니라 애인의 친구쯤이 지녔을 법한 목소리.

어어, 미안, 엘리베이터에서 내리느라. 방금 뭐라고 했지?

오는 길에 저녁 좀 사 오라고.

어어.

들었어?

어어, 그래. 뭘 먹고 싶은데?

얼결에 던진 말은 곧바로 부메랑이 되었다.

넌 내가 뭘 좋아하는지도 모르니?

알아, 봉골레 스파게티 좋아하잖아.

그건 또 어떤 년이 좋아하는 음식이니?

…….

작년 생일에 나랑 뭐 먹었는지 기억해?

…….

작년 생일에 내가 무슨 옷 입었는지 말해 봐.

…….

후우, 내 생일이 언젠지는 아니?

그는 대충 얼버무려 전화를 끊고 서둘러 에스컬레이터를 탔다. 모든 게 어긋나기 시작한 것은 그때부터였다. 혹은 무언가가 잘못됐음을 그는 그때 눈치챘어야 했다. 마침 백화점이니 메뉴를 보다 보면 적당한 게 눈에 띌 거라는 가벼운 생각은, 그의 발이 지하 1층에 닿자마자 인파에 떠밀려 사라졌다. 마감을 앞둔 식품 매장은 금요일의 증권거래소를 방불케 했다. 입구의 반찬 코너에서부터 그는 허둥거렸다. 질펀한 엉덩이와 무람없는 가슴으로 연신 얻어맞으며 당도한 완전 조리 코너에는 세계지도가 펼쳐져 있었다. 스테이크가 십수 가지였다. 소시지와 샐러드 종류는 셀 수도 없었다. 몇 분 만에 스시와 캘리포니아롤의 바다를 건너 아시아와 유럽 내륙을 횡단하는 동안 그의 머리와 손은 뒤바뀌어 있었다. 손이 명령하고, 머리가 집었다. 잘 골랐다는 느낌을 배반하고, 계산대 위에는 괴상한 이름의 샐러드 한 상자와 버섯 수프, 웰빙 청국장, 묵밥과 훈제 오리고기가 올라가 있었다. 족보도 개연성도 없는, 갈팡질팡 코스 메뉴였다.

바뀐 것은 손과 머리뿐이 아니었다.

B7 337번이 없었다.

건물에는 아예 지하 7층이 없었다. 지하 6층으로 갔다. 337은 커녕, 37번도, 33번도 없었다. 주차장 복판에 서서 그는 간단하게 계산해 보았다. 애초에 337은 있을 수 없는 번호였다. 기둥 하나에 다섯 대씩이니 네 개 층이면, 7000개에 가까운 파킹랏이 있어야 했다. 할 수 없이 B3부터 B6까지의 주차장을 모두 뒤졌지만,

어디에도 차는 없었다.

경찰에 신고를 접수하는 데 30분이 넘게 걸렸다. 신고 서류를 작성하다가 그는 자신이 자동차 번호조차 까맣게 잊어버렸음을 깨달았다. 파란색 BMW 525i. 엔진 배기량 2996시시에 연식은 2009년식, 지금까지 5만 6200여 킬로미터를 주행

했으며, 논현동 전시장의 오 모 브로커에게서 8000여 만 원을 주고 샀다는 내용이 메모지를 읽듯 떠올랐다. 하지만 자동차 번호는 기억나지 않았다. 그는 결국 주민등록증을 제출하고 경찰 전산망의 힘을 빌려 자동차 번호를 알아냈다.

서울 55 가 6878 맞아요?

순간 그의 시야를 가로막고 있던 엘리베이터 문이 열렸다.

아아, 그래요, 맞아요.

본인 차량 맞지요?

아아, 그럼요, 제 차 맞아요.

신고 접수됐고요, 여기 서명하세요. 일단 며칠 내로 연락은 가겠지만…….

그는 경찰과 헤어지자마자 곧장 택시를 잡아탔다. 애인에게 전화를 해야 한다거나, 전화가 오지 않아 다행이라는 생각은 들지 않았다. 눈앞에는 자동차 번호만이 어른거렸고, 마음은 무언가를 잊은 것 같다는 불안으로 흔들렸다. 동시에 한시라도 빨리 여자 친구에게 가야 한다는 조바심에 시달렸다. 덕분에 그는 백화점에서 아파트까지 가는 동안의 기억을 통째로 잃었다. 엘리베이터 안에 있는 자신을 갑자기 발견했다. 사방에 달려 있는 감시 카메라를 의식하며 복도를 초조하게 걸어갔다. 초인종을 연거푸 눌렀으나 안에서는 응답이 없었다. 그는 갑자기 강한 요의를 느꼈다. 카드 키를 꺼내 보안을 해제

하고 기계적으로 비밀번호를 눌렀다. 삐리릭, 잠금 해제음을 끝으로 다시 기억을 잃었다. 마취가 풀릴 때의 통증처럼 감각이 돌아오는 동안 거실 한복판으로 공간 이동했다. 그곳에서 촘촘한 햇살의 이빨이 여자 친구의 몸을 사정없이 물어뜯고 있는 장면을 눈부심 없이 목격했다. 중간 속도로 돌아가고 있는 러닝머신의 손잡이에,

여자 친구가 목매달려 있었다.

그는 경첩처럼 펴졌다 접혔다 하는 그녀의 몸을 물끄러미 내려다보았다. 그녀는 비스듬히 걸터앉은 자세로 러닝머신의 발판에 둔부를 쓸리고 있었다. 피를 밟지 않으려고 주의하며 러닝머신으로 다가갔다. 매듭을 풀자 통, 소리를 내며 머리가 캐터필러 위로 떨어졌다. 그제야 콧속을 난자하는 날카로운 피비린내를 맡았다. 냄새의 칼날이 어떤 감정을 느끼기도 전에 그의 마음을 잘게 다져 버렸다.

전화가 왔다. 그는 한참 동안 골똘히, 액정 화면을 들여다보았다. 전화가 끊겼다가 다시 왔다. 받지도 무시하지도 못했다. 분명 익숙한 번호인데, 어디서 봤는지 기억이 나지 않았다.

02-7602-4920

Error – Code

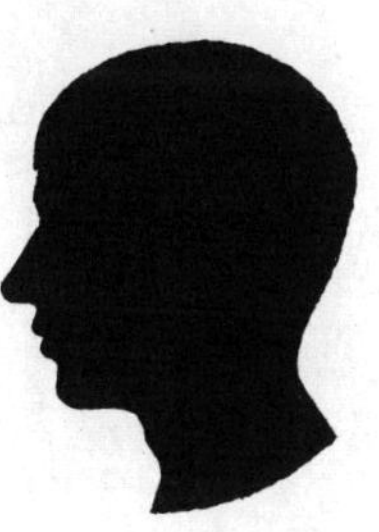

"왜 전화를 받고 난리야?"

음성이 변조된 목소리였다.

"누, 누구십니까?"

"이제 거기서 나와야지."

그는 그럴 수 없다고 생각했다.

"넌 누구야?"

"그건 알 거 없고 당장 거기서 나와."

"사방에 내 지문이……."

그는 얼결에 머리에 떠오른 생각을 그대로 발음했다.

"잘 들어. 집 안에 증거 따위는 없어. 넌 그냥 거기서 나오면 돼. 전화 끊고, 번호나 잘 들여다봐. 알겠어? 지금 이 번호

말이야.”

전화는 갑자기 끊겼다.

뚜 소리가 환자 모니터의 정지음 같았다.

그녀의 상반신에 난 칼자국들이 대칭임을 알아보는 데는 시간이 좀 걸렸다. 아마도 범인은 그녀의 상반신에 무언가를 새기고 싶었던 모양이었다. 수백 개의 들쭉날쭉한 톱니를 가진 거대한 아가리가 덮쳐 오는 환영을 그는 보았다. 사방으로 튀고, 흐르고, 마르고 있는 피가 환영의 현실감을 증폭시켰다. 생존 본능이 잠들었던 이성의 뺨을 후려쳤다. 이성은 군기가 바짝 든 이등병처럼 벌떡 일어섰다. 심장박동이 빨라지고 있었다. 하지만 그럴수록 그의 눈빛은 냉정해졌다.

매듭은 샤워 가운을 꼬아 만든 것이었다. 머리카락과 사타구니에 물기가 남아 있었다. 샤워를 하고 나오자마자 당한 것 같았다. 얻어맞은 흔적은 없었다. 하얗게 탈색된 얼굴이 깨끗했다. 약간 벌어진 입이 그에게 물었다. 혹시 내가 왜 죽었는지 알아? 그녀는 죽어서도 그에게 질문을 던지고 있었다.

그는 전화기를 들어 전화번호를 노려보았다. 어려운 십자말풀이를 하듯 한참을 궁싯거렸다. 도무지 단서가 잡히지 않자 심호흡을 하고 통화 버튼을 눌렀다. 몇 번의 통화 대기음

끝에 전화가 연결되었다. 남자가 아닌 여자의 목소리였다. 그는 목소리의 주인공을 금방 기억해 냈다. 하지만 들려오는 내용은 예전과 달랐다.

지금 거신 번호는 착신이 금지된 번호…….

없는 번호와 금지된 번호. 혹은 사라진 것과 빼앗긴 것. 그것은 녹는점과 빙점, 끓는점과 기화점의 차이처럼 미묘했다. 그 경계 위에서 그의 머리는 드라이아이스처럼 차갑게 달아올랐다. 정체불명의 남자가 그의 군번으로 전화번호를 개설했다. 남자는 지금 그가 처해 있는 상황은 물론 현재 위치까지 파악하고 있었다. 여러 가지 정황으로 보아 남자는 전문가였다. 하지만 전문가인 남자의 칼 솜씨는 어설펐다. 어설픈 전문가는 그에게 도망치라고 말하고 있었다. 왜, 무엇 때문에 도와주려는 것일까.

그럴 리가. 남자는 그가 여자의 집으로 올 때를 노려 범행을 저질렀을 것이다. 전화 통화나 문자메시지를 도청했을 가능성이 컸다. 전문가이니 증거를 남겼을 리 없었다. "'집 안에' 증거 따위는 없다."고 했다. 굳이 장소를 찍어서 말했다. 그의 머리에 스파크가 튀었다. 집 안을 제외한 모든 곳에 감시 카메라가 설치돼 있는 아파트였다. 그는 이미 감시 카메라에 기록을 잔뜩 남긴 후였다.

순식간에 계획을 잡고 컴퓨터를 찾아 나선 것인지, 아니면 컴퓨터를 발견하자 아이디어가 떠오른 것인지 알 수 없었다. 건넌방에서 노트북을 부팅한 그는 훈련받은 요원처럼 행동했다. 웹하드에 접속해 프로그램 몇 개를 다운로드한 다음 책상에 지문이 묻지 않게 조심하며 노트북을 전원에서 분리해 냈다. 손이 닿았던 모든 곳을 수건으로 문질러 닦았다. 족적이 남지 않게 마루와 현관 바닥도 깨끗이 청소했다. 신발 밑창에는 옷 먼지를 제거하는 끈끈이 종이를 정밀하게 오려 붙였다. 음식이 든 비닐봉지에 가위와 자투리 종이를 넣고 막 현관에 내려서기 전까지 한눈 한 번 팔지 않았다. 하지만 문을 열려다 말고 뒤를 돌아본 그는 한동안 멈춰 서 있었다. 집 안쪽에 내팽개쳐진 피투성이 알몸을 뭐라고 불러야 할지 알 수 없어서였다. 죽은 여자 친구? 애인의 시체? 아니면 엑스 걸프렌드? 어쨌거나 그가 알던 이연은 아니었다. 이연보다 백 배쯤은 무섭고 위험한 어떤 존재였다. 해답을 찾아내기까지는 한 자리 곱셈을 푸는 시간밖에 걸리지 않았다. 그는 앞으로 그것을,

삭제된 애인이라고 부르기로 했다.

기억에서 그녀를 지워 버린 그는 악성코드를 모두 제거한 컴퓨터처럼 빨라졌다. 지하 주차장으로 내려가 단번에 영상실을 찾아냈다. 바로 위층에는 화장실이 있었다. 변기에 앉아 무선 인터넷의 방화벽을 해킹했다. 원격조종으로 노트북을 영상실 컴퓨터의 쌍둥이 컴퓨터로 만들었다. 노트북 액정을 부(附)디스플레이로 설정해 영상실 모니터를 건드리지 않고 이면 작업했다. 십여 분 만에 애인 집 앞 복도의 데이터를 찾아냈다. 예상과 달리 범인의 영상이 그대로 남아 있었다. 야구 모자로 얼굴을 가린 범인은 놀랍게도 그와 복장이 똑같았다. 범인은 그가 오늘 무슨 옷을 입었는지 알고 있었다. 아침에 출근하는 모습을 보았다 해도 한나절이 가기 전에 같은 옷을 구했다는 의미였다. 카드 키를 구한 것도, 매일 드나드는 사람처럼 익숙하게 비밀번호를 누르는 모습도 놀랍지 않았다. 남자가 문밖으로 나온 것은 고작 십여 분 후였다. 닭 한 마리를 잡기에도 벅찰 시간에 그녀의 숨을 끊고 증거까지 인멸한 거였다. 그는 30분쯤 후 복도에 도착했다. 옷차림이 같아서 범인이 살인 중에 저녁을 사러 나갔다 온 것처럼 보였다. 다른 게 있다면 모자가 사라졌다는 사실뿐이었다.

그가 범인의 영상을 남기고 싶은 욕망에 사로잡힌 건 당연했다. 하지만 그는 몇 시간 전 경찰을 만났다. 그들은 그의 옷차림을 기억할 것이다. 그는 그 복장으로 백화점 감시 카메라에 한 시간가량 노출되었다. 자신의 기록만 지운다면, 경찰은 그가 야구 모자를 썼다고 생각할 것이다. 지워진 분량으로부터는 그를 배신한 미지의 공범을 추론하겠지. 역으로 범인의 분량만을 없앤다 해도 결과는 같았다. 아니, 더 나빴다.

한마디로 선택지가 없었다. 만에 하나 결백이 밝혀진다 하더라도 그가 이연의 집에 저녁거리를 들고 방문했다는 사실은 사라지지 않는다. 언론의 굶주린 사냥개들이 그 좋은 먹이를 놓칠 리 없다. 내장까지 남김없이 파먹은 다음 앙상하게 남은 뼈조차 개 껌으로 삼겠지. 증권계의 큰손들은 에이즈 공포증에 걸린 성도착자와 같았다. 자신이 어떤 여자와 잤느냐보다, 그 여자가 지금까지 어떤 남자들과 잤는지가 더 중요한 세계가 주식시장이었다. 꼰대들, 특히 영감들은 연예인과 스캔들이 났다는 이유만으로도 그와의 거래를 끊을 위인들이었다. 더군다나 그 연예인이 살인 사건에 연루되었다면?

살아 있는 사람이 죽는 것보다는, 죽은 사람이 다시 죽는 게 나은 법이었다. 설사 살아 있더라도 이미 감염되었다면 망설임 없이 방아쇠를 당겨야 하는 좀비 영화의 법칙과 매한가지였다. 그는 부도가 확실시된 회사의 주식을 매도하듯 재빨리 엔터키를 쳤다. 모든 자료를 삭제함은 물론 다시는 복구할 수 없게 하드까지 훼손시키는 독한 바이러스가 컴퓨터 안에 주입되었다. 그것으로 그는 이연과의 과거뿐 아니라 미래까지도 완전히 지워 버린 셈이었다.

그는 깡통 카메라만 남은 아파트를 여유 있게 빠져나왔다. 나중에 처리할 수도 있었지만 자꾸만 조바심이 들어 한강 다리 위에서 택시를 세웠다. 주위를 잘 살핀 다음 검게 넘실거리는 강물을 향해 노트북과 비닐봉지를 놓아 버렸다. 증거는 강물이 아니라 지구의 심연을 향해 떨어진 모양이었다. 아무리 기다려도 첨벙, 하는 소리가 들려오지 않았다.

*

서울 52 가 6878

다음 날 아침 그는 자신의 집 주차장에 버젓이 돌아와 있는 BMW를 발견했다. 조수석 유리가 달아나고 없었다. 유리 파편은 깨끗이 치워진 상태였다. 내부는 엉망이었다. 수납 공간에 들어 있던 물건들은 물론 구석구석 박혀 있던 잡동사니와 카드 전표까지 죄다 기어 나와 있었다. 사라진 건 선글라스와 수제 가죽 장갑뿐이었다. 단순 절도 사건으로 위장하기 위한 범인의 트릭일 수도, 그새 잡도둑이 방문한 것일 수도 있었다.

그는 그동안 차에 일어난 일들을 추리해 보았다. 살인범은 유리창을 깨서 차의 문을 땄다. 운전을 하기 위해 유리 파편을 치웠다. 차를 훔친 것은 아파트 주차장에 침입하기 위해서였다. 주차장에서는 경비실을 거치지 않고 아파트에 올라갈 수 있다. 그가 차를 찾아 헤매고 도난 신고 절차를 밟는 동안 시간을 벌기 위한 목적도 있었을 것이다. 살인범은 도주할 때도 차를 사용했다. 차를 돌려놓은 의도는 알 듯 말 듯했지만, 경찰에 전화할 수 없다는 사실만은 분명했다.

만약 살인범의 소행이 아니라면, 누군가가 차를 훔쳤다가 양심의 가책을 느껴 돌려주었다. 자동차 등록증의 주소를 보고 친절하게 자택에 배달까지 해 주셨다. 7000만 원짜리 차를 포기한 대신 잡동사니 두 개를 집어 갔다. 하필 그가 파킹랏 번호를 혼동한 날. 여자 친구가 살해당하고, 누군가 그의 군번으로 그에게 전화한 그날. 까마귀 날자 배 떨어지고, 떨어진 배는 까마귀가 씹어 먹었지.

까마귀조차 배가 아파 죽어 버린,

토요일 아침이었다. 차 문제부터 해결해야 했지만, 그는 침대 안에 든 채 주위만 둘러보았다. 차는커녕 당장 눈에 보이는 물건들조차 해명할 길이 없었다. 저 커튼은 언제 저곳에 걸렸을까? 저 꽃무늬 식탁보는 과연 내가 산 것일까? 저기 꽂혀 있는 저 스푼들은 정말 원래 저런 모양이었을까? 아무래도 주변의 모든 것들이 그녀와 상관 있는 모양이었다. 분명 익숙한 사물인데도 그것들의 유래나 사연을 떠올릴 방법이 없었다. 어제 일자로 이연과의 과거를 완전히 삭제했기 때문이다. 그러므로 그녀가 사라진 그의 두뇌는 씨만 남은 배와 같았다. 아니, 죽은 까마귀 배 속에 가득 차 있는 과일 주스의 일종이었다. 당연하게도 그건 이미 배가 아닌 데다, 장차 까마귀의 일부가 될 가망도 전혀 없었다.

없는 것과 금지된 것, 녹는점과 빙점, 드는 잠과 깨는 잠 사이에,

이연의 삶은 묻혀 버렸다.

사실 이연은 원래 그런 여자였다. 사람들은 그녀가 널리 알려진 언더인지, 인지도 낮은 연예인인지 헛갈려했다. 뮤지션이라기에는 실력이 애매했고, 그렇다고 모든 걸 용서받을 만큼의 미모도 아니었다. 비율은 완벽했지만 뭔지 모르게 매력이 부족했고, 목소리는 천사의 그것처럼 아름다웠지만 영혼의 깊이 따윈 없었다. 다 가졌지만 최고가 아니었고, 운이 좋았

지만 행복하지 않았다.

중학교 축제 때 무대에 올랐다가 학교 탐방 프로그램의 카메라에 우연히 잡혔다. 대형 기획사의 눈에 들어 드라마 주제곡을 부른 것이 대박을 쳤다. 그녀는 노력이라는 걸 해 본 적이 없었다. 음악을 별로 사랑하지도 않았다. 인기는 곧 수그러들었으나 그렇다고 추락의 아픔을 경험한 것도 아니었다. 그녀는 어느 무대, 어느 프로그램에 갖다 놔도 무난하게 잘 어울렸다. 그다지 눈에 띄지도 않고, 이렇다 할 인맥이 없는데도, 그녀는 여기저기서 러브콜을 받았다. 단둘이 만나고 싶지는 않아도 여럿이 모일 때는 꼭 부르게 되는 사람. 굳이 집들이에까지 초대할 마음은 들지 않지만 청첩장을 안 보내기에는 생각에 밟히는 사람. 반드시 있어야 하지만 실수로 빠진다 해도 바로 알아차리기는 힘든 존재. 그녀는 자신의 그런 위치 때문에 종종 우울해했다. 덕분에 경쟁도 없이 경쟁력 있게 살아가고 있는데도. 하기야 차라리 후드티의 목 끈이나 술자리 덕담처럼 사는 사람이라면 모를까, 아무도 정장 재킷의 커프스단추나 공식 석상의 국민의례 같은 사람이란 말을 듣고 싶지는 않은 법이다.

"나는 전생에 독립군과 일본군 사이를 오가던 이중간첩이었대."

어느 날 침대 위에서 그녀는 말했다. 전생을 체험하는 쇼 프로그램 녹화에 다녀온 날이었다.

"왜 그런 이상한 여자의 기억이 내 머릿속에 있는 걸까?"

"……."

"내가 전생에 아무개였다면, 아무개가 나로 살게 된 거니, 아님 내 안에 아무개가 들어앉은 거니? 어느 쪽인 것 같아?"

"그게…… 어떻게 다른 건데?"

"그냥 과거에 살았던 누군가의 기억이 숨어들어 온 건지도 모르잖아. 타인의 기억을 완전히 갖게 된다면, 내가 그 사람과 다르다는 걸 어떻게 알 수 있지?"

이연은 섹스 직전에 "나 사랑해? 얼마나?" 따위의 질문이나 하는 진부한 여자가 아니었다. 섹스가 끝나고 슬슬 나른해져 올 때쯤 난데없이 형이상학적인 화두를 던져 남자의 권태를 깨웠다. 그럴듯한 대답이 돌아오기 전에는 좀처럼 몸을 다시 열지 않았다. 적당히 때우려는 얘기나 어물쩍 넘어가려는 침묵은 은밀한 협박을 받게 마련이었다.

"전생에 우리는 사랑하는 사이가 아니었을 거야, 그렇지?"

현생에서 두 사람은 강 사장의 소개로 만났다. 강 사장은 건설사 대표로, 정·재계 거물급들과 견고한 네트워크를 유지하고 있는 전형적인 꼰대였다. 잘 보여 봤자 소용없었지만 밉보이면 반드시 나빴다. 어느 날 강 사장은 투자 이윤에 감사한다며 그를 저녁 식사에 갑자기 초대했다. 꼰대는 종종 술을 사겠다며 그를 불러내서는 술상무로 써먹곤 했으므로, 그는 이번에도 영감들을 접대하는 술자리려니 했다. 하지만 강 사장은 여가수와의 식사 자리에 그를 앉혀 놓고 바쁜 일이 생겼다며 먼저 자리에서 일어났다. 배웅하는 그에게 들어가라고 손짓하며 한쪽 눈까지 찡긋했다. 방에 다시 들어서며 그는 짝사랑하는 여자애 앞에서 얼레리꼴레리를 당한 소년으로 급변신했다. 투명한 물컵 안에 수직으로 선 채 펄떡거리는 빙어들이 죄다 낄낄거리는 새끼손가락들로 보였다. 수면 밖으로 뻐끔거리는 입들이 말하고 있었다.

얼레리꼴…… 뻐끔. 얼레리꼴레…… 뻐끔뻐끔.

그들은 꼬리지느러미를 발 삼아 물속에서 제자리 뛰기를 하는 중이었다. 직립 자세를 거부하기 위해 더 열심히 직립 보행해야 하는 아이러니한 상황이었다.

"꼭 클럽에서 춤추는 애들 같네요."

그녀가 말했다. 그녀가 입을 다물자마자 한 마리가 작은 파열음을 내며 컵 밖으로 뛰쳐나왔다. 신난다는 듯 옆구리를 튕겨 상 위를 질주했다. 그가 빙어를 잡았다 놓치며,

"얜 클럽이 싫은가 보네."

하자마자 또 한 마리가 탈출에 성공했다. 그가 정신없이

날뛰는 빙어 두 마리를 잡으려고 허둥지둥하자,

"놔두세요. 원 나잇 스탠드 하려나 보죠."

그녀가 분위기를 다시 얼레리꼴레리하게 만들었다. 그는 절대로 그렇게 두지 않겠다는 듯 빙어 잡기에 열을 올렸다. 그 동작에는 바람난 젊은 아내를 집에 다시 데려오려는 노인의 안간힘처럼 애처로운 데가 있었다. 그녀는 다소곳이 앉은 채 눈알만 굴려 아슬아슬한 잡음과 놓침의 반복을 지켜보았다. 마침내 그가 잔인한 포획에 성공하자 두 사람의 눈이 허공에서 딱 마주쳤다. 그녀는 골똘한 표정으로 그의 얼굴을 들여다보다가 수명이 다한 비눗방울마냥 톡, 톡, 웃음을 터뜨렸다.

"근데 걔네들은 언제까지 잡고 계실 거예요?"

그는 깜짝 놀라 빙어들을 다시 상 위에 놓아 버리고 말았다.

그들은 그날 밥만 먹고 헤어졌다. 그녀가 일정이 있다며 먼저 가자고 했다. 2주 뒤 먼저 전화를 걸어온 것은 그녀였다. 그에게 주식을 사고 싶다고 했다. 이것저것 물어보더니 전화를 끊을 때쯤 말했다.

"이거 제 전화번호예요. 원래 아무한테나 안 가르쳐 주는 번혼데."

그런 그녀가 죽었다.

죽었건 죽지 않았건, 그녀가 어떤 사람이었건, 혹은 그가 아는 것과는 전혀 다른 사람이었다 해도, 이제부터 그는 아무것도 모르는 것이다. 어제는 그녀를 잊었으므로, 오늘은 잊었다는 사실조차 잊어버리기 위해서, 그는 그녀와의 통화 내역을 모두 지웠다. 없는 것과 금지된 것, 녹는점과 빙점, 드는 잠과 깨는 잠 사이에서, 캄캄하게 어두운 까마귀 배 속에 대해서만 생각하기로 했다. 하지만 까마귀 배 속은 너무 어두웠고, 질척거렸고, 아니, 무언가 빙어처럼 꿈틀거리는 것들로 가득 차 있었다. 그는 감각만으로 배즙 속을 헤집어 놈들 중 한 마리를 붙잡았다. 적당히 끈적거리는 미끈한 표면. 태닝 오일을 충분히 발라 놓은 늘씬한 다리의 감촉, 을 즐기다가 화들짝 놀라 그것을 놓쳐 버렸다. 놈의 필사적인 몸부림에 놀란 탓이 아니었다. 눈도 입도 지느러미도 비늘도 없이, 단지 머리와 꼬리만으로 구성된 그 괴물의 정체는……

건강하게 살아 있는 정자였다.

그와 그녀는 만날 때마다 잠자리를 갖는 사이였다. 피임은 그녀가 했으므로 두 사람은 콘돔을 쓰지 않았다. 두 사람은 지난 수요일에도 만났다. 정자는 사정된 후에도 사흘에서 닷새 정도 살아 있다. 완전히 활동을 멈추어야 자궁벽에 흡수

된다. 하지만 그녀는 죽었고, 그녀의 자궁도 죽었으므로, 이제 그의 정자는 죽어도 사라지지 않을 운명이었다. 살았거나 죽었거나 정자는 확실한 유전자 정보였다. 죽은 그녀의 배 속에서, 그의 유전자 정보는 영원히 살아남게 된 것이었다.

그는 침대 위에 벌떡 일어섰다. 남자는 "집 안에 증거 따위는 없다."고 말했다. 남자는 그녀를 범하지 않았다. 그녀의 몸속에는 그의 유전자 정보뿐이었다. 그는 퉁겨지듯 침대에서 나와 집 안을 걷기 시작했다. 생각의 속도만큼 분주하게 돌아다녔다. 당장 살인 현장에 돌아가 자궁을 적출해야겠다고 결심하면서 멈춰 섰다. 하지만 어떻게? 자동차는 도난 차량이 됐으니 사용하기 뭣하고, 그렇다고 택시 따위로 부패하기 시작한 자궁을 실어 나를 수도 없는 노릇이고, 아파트에는 경찰이 잔뜩 깔렸을지도 모르는 일이고……. 걱정의 꼬리를 좇으면서는 잰걸음으로 걸었다. 그러고 보니 감시 카메라만 걱정했지 주차 시스템을 간과했다는 데 생각이 미쳤다. 지금쯤 경찰은 살인 사건 전후로 아파트를 오간 도난 차량 기록을 찾아냈을 것이다. 그 도난 차량이 지금 집 앞에 있었다. 한마디로 모든 게 엉망진창이었다.

그는 세면을 하고, 옷을 입고, 간단하게 가방을 쌌다. 군대를 제대한 이후로 가장 빠른 속도였다. 야구 모자를 눌러쓰고 주위에 잠복이나 미행이 없는지 주의 깊게 살피며 은행까지 이동했다. 곧 경찰의 카드 추적이 시작될 게 뻔했으므로 현금을 최대한 많이 찾아 둬야 했다. 몇 주면 된다고 그는 생각했다. 몇 주 내로 알리바이나 증거를 확보한 다음 경찰서에 찾아가서 무죄를 증명하자. 그런데 카드 리더기가 들들거리더니 모니터에 에러코드가 떴다.

136 분실 도난 카드 카드 발급 은행 문의

흐드러지다

그들이 전화를 하면,

나는 여자를 죽인다.

전화는 받지 않는다. 그냥 나가서 아무나 죽이면 된다. 그러므로 내 직업은 킬러가 아니다. 나를 그따위 B급 하청들과 비교하는 놈은 죽여 버리겠다. 나는 돈 몇 푼에 영혼을 파는 창녀가 아니다. 나는 예술가다. 감히 주문 제작을 강요하는 클라이언트 따위는 없다. 그들은 클라이언트가 아니라 후원자다. 후원자는 내 작업에 관여하지 않는다. 누구를 죽이건, 어떻게 죽이건, 모든 것은 내가 정한다. 그래도 규칙은 있다.

그들에게 지켜줄 것은 세 가지다.

1. 전화가 왔을 때 죽인다.
1. 평범한 자를 선택한다.
1. 매체에 알려지게 한다.

그들은 내가 바보인 줄 안다. 아무것도 모를 거라고 생각하겠지. 물론 나는 그들이 누구인지 모른다. 하지만 그들이 무엇인지는 안다. 그들은 국민들의 공포심을 관리하는 비밀 국가조직이다. 정치적이고 군사적인 목적을 위해서 살인을 허가한다. 그들에게 살인 면허를 받은 게 내가 처음은 아니다. 유영철은 이라크 파병 문제로 민심이 어지러울 때 투입되었다. 하지만 그에게는 절제심이 부족했다. 파병이 결정된 후에도 멋대로 사람을 죽이다가 경찰에 붙잡혔다. 화성 연쇄살인범은 객기를 부리지 않았다. 미국이 걸프전 중일 때만 활동하다가 전쟁이 끝나자 자취를 감추었다. 그는 잡히지 않았으며, 앞으로도 잡히지 않을 것이다. 그들이 뒤를 봐주고 있기 때문이다. 그러므로 규칙만 지키면 안전하다. 그들은 그들을 위해서, 나는 나를 위해서 일하면 그뿐이다. 그들과 내가 공유하는 것은 하나의 전화번호이다. 02-7602-4920. 그들의 코드넘버, 그리고 나의 살인 면허 번호.

무엇보다 나는,

그들이 나를,

숫자로 부르는 게 좋다.

한때는 나에게도 이름이라는 게 있었다. 아무짝에도 쓸모없는 이름이었다. 중학교 국어 선생님은 말했다. 자주 쓰이는 단어만이 살아남고, 그렇지 않은 단어는 사라지게 된다고. 그걸 사어(死語)라고 한다고.

아무도 내 이름을 부르지 않았으므로, 내 이름은 곧 사어가 될 운명이었다. 애들은 이름 대신 나를 '사마귀'라고 불렀다. 나는 거품을 물고 날뛰는 개를 젓가락 하나로 죽인 적이 있었다. 그때부터 나는 사마귀라고 불렸다. 하지만 사마귀도 내 이름이 되어 주지는 못했다. 아무도 나를 감히 '사마귀'라고 부르지 않았기 때문이다. 그 이름을 처음 불러 준 건 국어 선생님이었다. 단단한 갑옷을 가진 곤충은 날카로운 무기를 발달시키지 않았단다, 사마귀한테 날카로운 팔과 입이 생긴 것은 사마귀의 외골격이 매우 여리기 때문이란다, 다른 사람은 몰라도 선생님은 안단다, 겉으로는 강한 척해도 네가 아주 약한 아이라는 것을, 친구들한테 공격적인 것도 사실은 상처 받기 싫어서 그러는 거라는 걸. 나는 감동해서 그만 울음을 터뜨렸고, 그런 나를 선생님은 따듯하게 안아 주었다. 나는 선생님의 사랑받는 사마귀였으므로 내가 선생님의 다리 사이로 파고든 것은 잘못이 아니었다. 나는 선생님을 행복하게 만들어 주었다. 덕분에 나도 행복해질 수 있었다. 나는 성인이 되는 그날까지 소년원에 있었다. 그곳에는 이름 따위가 없어서 좋았다. 감시관들은 언제나 수감 번호로 나를 불렀다.

나는 언제까지나 번호이고 싶었으나,

사회에 있는 사람들은 나를 '아저씨'나 '여기요'라고 불렀다. 관리자들은 나를 아주 다양한 이름으로 불렀다. 가장 짧고 자주 불리는 이름은 '야'였고, 긴 이름들은 종종 열 단어를 넘겼다. 나는 빈 라덴을 존경한다. 그의 이름이 길어서 더 좋다. 그의 풀네임은 '오사마 빈 무함마드 빈 아와드 빈 라덴'이다. 사실 그의 진짜 이름은 오사마이며, 뒤의 것들은 그의 선조들의 이름이다. 아버지는 무함마드고, 할아버지는 아와드이며, 증조할아버지는 라덴인 것이다. 그러니까 관리자들은 증증증조할아버지나 증증증증증조할아버지, 어쨌거나 나의 먼 조상의 이름을 '십새끼'나 '개새끼'로 치부했다는 것인데, 그렇다면 나는 불만이 없다. 그들이 실제로 그렇게 불렀으리라 믿어 의심치 않기 때문이다. 아니, 대대로 'X새끼' 돌림이었다는 데 얼굴도 모르는 창녀 엄마와 지금까지의 내 작품 전부를 건다.

나에게 작품이란 마지막 희망이다. 내가 나에게 맞는 이름을 가질 수 있는 유일한 방법. 아비어미도 모르는 그따위 주민등록 이름 말고, 아무도 모르는 코드네임 말고, 대대로 회자될 진짜 내 이름. 잡히는 것보다 더 나쁜 일은 이름 없이 죽는 거다. 나는 잡히지도, 이름 없이 죽지도 않을 거다.

처음에는 너도,

숫자에 불과했다.

시작은 미약했다. 나는 그저, 내 인생 최초이자 마지막으로, 딱 한 명만 죽여 볼 계획이었다. 누구를 죽일까 고민하다가 아무 연관도 없는 사람이 안전하겠다고 생각했다. 나와 비슷한 주민등록번호를 가진 사람 중에 고르기로 했다. 그러다가 너를 발견했다. 너는 유복한 집안의 외아들이었고, 명문대 재학생이었으며, 애인도 있고, 친구도 많아 보였다. 너는 나에게 없는 모든 것을 가지고 있었다. 처음 사진을 보자마자, 나는 너를 한눈에 알아보았지. 우리가 한 몸임을 확신할 수 있었지. 나는 만유인력을 몸소 체험하고 말았으니까. 네 얼굴이 내 심장을 잡아당기고 있었다. 네 존재가 내 핏줄과 신경과 세포들을 낱낱이 끌어당겨, 나는 그만 모니터 속으로 흡수돼 버릴 것 같았다. 나의 영혼을 꿰뚫는 네 눈빛 속에 우주의 평화가 깃들어 있었다. 너는 나의 태양. 나는 너의 부재. 하지만 나는 너를 증오할 수 없었다. 내가 너를 안 순간부터, 세상의 빛과 어둠이 갈렸으므로. 이제는 네가 없으면 나도 사라지고 말 운명이었다. 내가 뚜렷해지는 방법은 단 하나, 너를 더 밝히는 것뿐이었다. 그 어떤 것도 네 빛을 가려서는 곤란했다. 특히 그런 말도 안 되는 걸레들은.

네가 아다가 아니라는 이유로 거시기를 물어뜯은 네 첫 여자 친구는 걸레였다. 아다는 젠장. 미행한 지 며칠 만에, 그년이 클럽에서 만난 남자와 모텔에 들어가는 걸 목격했지. 어느 날 나는 그 걸레 년에게 약을 먹였다. 걸레답게 축 처진 년을 완벽하게 방음이 돼 있는 나의 지하 방으로 데려왔지. 걸레는 걸레답게 되는 걸 싫어하지 않았지. 오빠, 나한테 무슨 짓 하려고 그래? 응? 팔다리를 묶어 걸레 봉을 만드는 동안 내내 히히거렸지. 걸레가 건방져진 건 내가 그 걸레를 화장실 변기에 빤 후부터였다. 다리를 붙잡아 들고 구석부터 화장실 청소를 하려는데 자꾸 몸부림쳤어. 어찌나 버둥거리는지 걸레질하기가 영 힘이 들더군. 영문을 모르겠어서 테이핑을 뜯어냈지.

입이 열리자마자 살려 달라며 호들갑을 떨더군. 도무지 영문을 알 수 없어 물어보았다.

내가 언제 죽인댔니?

자, 잘못했어요.

뭘 잘못했는데?

다시는, 다시는 안 그럴게요.

뭘 하긴 한 모양이지? 말해 봐. 왜 그랬어?

모…… 몰라서, 몰라서, 그랬어요. 사, 살려 주세요.

나는 걸레의 입에 걸레를 물렸다. 의자에 꼼꼼히 묶은 다음 니퍼로 이를 하나씩 뽑아냈다. 피가 많이 날 줄은 알았지만 이를 한꺼번에 다 뽑으면 죽을 수도 있다는 건 몰랐다. 진심으로 미안하다. 나도 몰라서, 어디까지나 몰라서 그랬다.

나는 한동안 극심한 우울증에 시달렸다. 처음에는 다 멋도 뭣도 모르고 시작하지. 모든 게 끝나고 나서야, 모든 게 잘못됐음을 깨닫게 마련이다. 그런 건 개도 아는 거다. 어느 날 자신도 모르는 사이에, 주변에 얼쩡대던 쥐나 참새를 잡게 되지. 그런데 이게 움직이지 않으면, 앞발로 툭툭 쳐 보기도 하고, 냄새도 맡아 보고 그러다가, 어느 순간 실의에 빠지는 거다. 죽이려고 잡은 게 아니었다는 걸 그때 아는 거야. 죽어 버리면 재미가 없거든. 다음부터는 치명상은 입히되 숨은 붙여 놓지. 날개나 다리를 부러뜨려 도망치지 못하게 한 다음 아주 천천히 조금씩 망가뜨리는 거야. 개야 처음의 실수 따위 금방 잊어버리지만 인간은 그렇지가 않지. 나는 내 첫 작품이 최악의 졸작이 되었다는 사실에 잠자는 법조차 잊어버렸다. 나에게도 훨씬 더 큰 재능이 있지만 발전시킬 기회와 배경이 없다는 것도 그때 깨달았지. 매일매일 자라나는 열망을 싹둑싹둑 잘라 가며 나는 죽어 갔다. 에어컨도 없는 지하 단칸방에서 가시 뽑힌 선인장으로 말라 가고 있었다. 나에게 다시 생명수를 공급해 준 것은 어느 날 택배로 날아온 휴대전화였다. 휴대전화를 켜자마자 전화가 왔고, 그리고, 태초의 말씀이 있었다.

자네, 이름을, 없애 버리고, 싶지, 않은가?

말씀께서는 자신을 '넘버'라고 소개했다. '넘버'와 함께 일하면 '눌러'가 될 수 있다고 했다. '눌러'는 이름이 없는 자, 존재하지 않는 자, 사라지지 않는 자를 말하지. 눌러가 넘버에 대해 아무것도 모르는 한, 눌러는 얼마든지 넘버의 일원이어도 좋아. 넘버가 눌러의 모든 것을 알고 있는 한, 눌러는 얼마든지 넘버로부터 자유로울 수 있어. 숫자만 지켜 주면 돼. 우리가 제시하는 숫자만 지키면, 자네는 언제든지,

세상에 없는 숫자,

눌(null)이 되는 거야.

그때부터 나는 무(無)이자 전부인 존재가 되었다. 아무도 아니므로 누구든 될 수 있었다. 나는 네가 있는 곳이면 어디에나 있었다. 네가 없는 곳에서도 언제나 너와 함께했다. 너를 심사했던 대기업 면접관, 너에게 거금을 맡긴 투자자들, 너와 불법 거래를 한 사장들과 사채업자, 네가 사귀었던 여자들까지 모두, 한 번쯤은 나를 만났다. 너는 혼자 이룩했다고 생각하겠지만 네 인생의 절반은 나의 공이다. 하지만 네가 나에 대해 모르는 한, 너는 얼마든지 내 인생의 일부여도 좋았다. 내가 너의 모든 것을 알고 있는 한, 너는 얼마든지 나로부터 자유로울 수 있었지.

네가, 1이라는 숫자,

그 숫자만 지켜 주었더라면.

오늘과 같은 일들은 없었을 것이다. 너는 나 같은 존재를 더 가져서는 안 되는 거였어. 나의 거울 같은 것, 수학의 역(逆)

같은 것, 그런 모조품, 좆같이 열 받는 그따위 것을 만들어서는 안 되는 거였어. 네가 나를 모르듯이, 사람들은 그녀가 너의 애인인 걸 몰랐지. 내가 너의 눈을 피해 사람들을 만나듯이, 너는 사람들의 눈을 피해 그녀를 만났지. 나만으로는 부족했던 것일까, 너는. 나에 대해서는 어차피 몰랐으니, 너는 그녀만이 1이었다고 생각할까? 아니면, 나와 그녀는 전혀 다르다고 말하고 싶을까? 그래서 잘못됐다는 거야. 넌 그녀를 나의 월면(月面)으로 만들어 버렸으니까. 영원한 그림자가 돼 버린 건 괜찮았다. 나는 원래 그런 존재였으니까. 하지만 나를 그녀가 결코 알 수 없는 존재로 만들어 버린 건 너의 실수였다. 덕분에 나는 그녀를 소유하고 싶다는 강한 열망을 품게 되었으니까.

「이상한 나라의 폴」이라는 만화영화를 아는지 몰라. 내가 재밌게 봤으니 분명 너도 재밌게 봤겠지. 어린 시절 그 만화영화를 볼 때마다 나는 의구심에 사로잡혔다. 이상한 나라의 폴은 이상한 나라에서 니나를 구출해 와야만 하는데, 대마왕과의 싸움에서 거의 다 이길 때쯤이 되면 꼭 그놈의 터널이 열리더란 말이지. 요술 봉을 휘둘러 터널을 여는 것은 찌찌의 몫이었다. 시간이 다 됐어, 폴. 지금 돌아가지 않으면…….

찌찌의 시간 계산은 정말 정확했던 것일까? 대마왕이 지기 직전에 요술 봉을 휘둘러 암묵적으로 폴을 협박한 게 아닐까? 너를 버리고 니나를 구할래, 아님 다음 기회를 노릴래? 찌찌의 수법은 매번 똑같았다. 아무래도 사차원 공간에 자꾸 오고 싶어서 수작을 부리는 게 틀림없었다. 니나가 대마왕으로부터 구출되고 나면, 찌찌는 영원히 삼차원 공간의 인형으로 남아야 하니까. 그래서 나는 생각했던 것이지. 니나를 구하려면, 대마왕이 아니라 찌찌를 죽여, 요술 봉을 빼앗아 버리면 된다고.

나는 나의 말씀께 말씀드렸지. 잠시만, 아주 잠시만 이름을 가진 자가 되고 싶다고. 내가 이름을 가진 자가 되어야만 그녀를 놈들의 손아귀에서 구출해 낼 수 있다고. 한동안의 침묵 끝에 말씀께서 말씀하셨다.

세상은 모든 게 연결돼 있어서 한 가지만 바꿀 수가 없다.

그게 무슨 말씀이신지…….

말씀께서는 대답 대신 질문을 던지셨다.

간단한 예를 들어 주지. 사고로 애인을 잃은 남자가 타임머신을 만들었다고 치세. 그 남자는 과연 애인을 되살릴 수 있을까?

그렇지 않을까요?

잘 생각해 봐. 애인이 죽지 않았으면 그 남자는 타임머신을 만들지 않았을 거야. 타임머신이 없는데 어떻게 과거로 돌아가 애인을 살려 내겠어.

그럼 아무것도 바꿀 수 없단 말입니까?

이윽고, 최후의 말씀이 있었다.

천만에. 뭐든지 바꿀 수 있지. 그녀의 죽음만 빼고 말이야.

*

내가 전화를 하면,

너는 죽인다.

나는 너의 말씀이기 때문이다. 하지만 네가 꼭 내 말을 들을 필요는 없다. 네가 원하는 대로 하는 것, 그것이야말로 네가 내 말씀을 더 잘 실천하는 방법이다. 너는 나에 대해 아무것도 모르지만, 나는 너에 대해 모든 것을 알고 있다. 너의 무지가 곧 나이며, 너의 자유가 곧 나의 실천이다. 너는 살인을 하고, 나는 죽음을 다룬다. 죽음이라는 명제 속에 더러운 시체가 끼어들 자리는 없다. 인간에게 영혼이 있다면 그건 바로 죽음일 것이다. 인간은 죽음으로써만 자신의 존재를 증명한다. 죽음은 그들의 저주받은 육체로부터 자유롭다. 그들이 사

라지고 나서야,

비로소 죽음은

숫자로 거듭난다.

영(0) 따위의 값 없는 숫자 말고, 질량과 부피를 가진 양수(陽數). 어떤 사물보다도 구체적이지만, 중력의 속박 따위는 받지 않는. 공기처럼 투명하고, 빛처럼 빠르고, 강철처럼 견고한. 아무것도 명령하지 않지만, 모든 것을 지배하는. 나의 순수하고도 아름다운 악마.

언제까지고 나는 그 악마의 노예로 살아가고 싶었지만,

오늘만은 그 악마의 손아귀에서 잠시 벗어나 보기로 한다. 미(美)에서 미(味)로, 양수(陽數)에서 양수(羊水)로, 영(靈)에서 영(零)으로 흘러가 보고자 한다. 난 니체를 좋아하니까. 니체는 초인이란 가장 낮은 곳에 임할 수 있어야 한다고 했으니까. 저공비행을 하지 않는 독수리는 독수리라고 할 수 없다. 가장 낮게 날 수 있는 자가 하늘을 지배하는 법이다. 더구나 오늘의 살인에는 타깃이 있다. 그녀는 보잘것없지만 꼭 필요한 사람, 중심보다 중요한 주변, 보이지 않는 핵심이자 '넘버'의 거멀못이다. 그녀는 시초로서의 영(zero)이자, 존재하지 않는 일(one)이고, 건반과 건반 사이에 있는 어떤 음의 시작이자, 악보로 존재하는 모든 음들의 종말이다. 그녀의 죽음만은 하나의 숫자로 환원될 수 없다. 일단 죽고 나면 그녀는 유일하고도 영원한 존재가 될 테니까.

너는 타깃을 정할 수 있는 게 네 자유라고 생각하겠지. 하지만 사실 넌 정해지지 않은 타깃만 제거할 수 있는 거야. '아무나 죽인다'는 건 네가 어겨서는 안 되는 규범이자 넘을 수 없는 한계다. 특정한 누군가를 죽이는 일은 나만 할 수 있다. 나는 너보다 너에 대해 많이 알고 있기 때문이다. 너 같은 놈을 찾아내는 사람들에 대해 더 잘 알고 있다고도 할 수 있겠지. 네가 죽이면 미제 사건이 되지만,

내가 죽이면,

네가 죽인 게 된다.

너를 규칙의 감옥으로부터 구해 내기 위해 내가 대신 손에 피를 묻히는 셈이었지. 나는 철저하게 네가 되어 행동해야만 했어. 내가 창조한 너를 그들로 하여금 믿게끔 만들어야

했다. 나는 오늘을 위해 오랫동안 준비했다. 시간이 넉넉한데도 몇 시간이나 일찍 공원에 나와 있었다. 날씨가 좋아서만은 아니었다. 나는 어떤 정서에 사로잡히고자 했다. 작가가 집필을 시작하기 전, 자신이 창조할 주인공에게 감정이입할 시간을 벌듯이, 나도 '너'라는 미완의 존재에 충분히 스며들어 볼 필요가 있었다. 완벽을 기하기 위해, 경찰에게는 결코 알려지지 않을, 너와 나만의 디테일에 이르기까지. 나는 철저하게 네 입장이 되어 그녀를 만나야만 했다. 나는 내가 그녀에게 푹 빠져 있는 너라고 상상해 본 것이지. 너와 그녀가 연인이라고 혼자 착각하는 너 말이야. 그녀는 금시초문이라고 할 테지만, 너는 오늘 그녀와 데이트 약속을 했다고 믿고 있다. 약속 시간은 6시인데, 이른 아침부터 너는 안절부절못했다. 몇 시간만 더 지나면 괜찮아질 줄 알았건만, 약속 시간이 다가올수록 시간은 우주처럼 확장되었다. 네 인생에서 가장 느린, 동시에 제발 가 버리지 않았으면 하는 순간들이 가고 있다. 어찌나 소중한지, 바람을 타고 가는 담뱃재의 궤적 하나, 평범한 자전거의 딸랑대는 경적 소리 하나, 발바닥에 와 닿는 꽃잎들의 감촉 하나하나 놓칠 수 없다. 배 속이 휑한 너에게는 볼을 스치는 바람조차 달다. 너는 어려서 맛있는 과자를 매번 숨어서 먹었다. 아무도 나타나지 않는 다락은 만족과 공허가 공존하는 완전한 침묵 속에 있었다. 너는 그때의 감정을 지금 그대로 느끼고 있다. 이 정서를 깨뜨리지 않으려면 천천히, 그러나 단 한순간도 끊지 않고 결말까지 가야 한다고 생각한다.

조금만 망설이면,

조금만 삐끗하면,

너와 나는 공감의 고리를 놓치고 추락하게 될 것이다. 추락이 가져올 확실한 위험과, 지금 우리가 딛고 있는 불확실한 안전함 사이에서 너와 나의 이야기는 시작된다. 벼랑과 벼랑 사이에 매달린 외줄 다리 위에서 현실과 상상, 과거와 현재가 연인의 혀처럼 뒤섞인다. 이제 너는 세상의 모든 것을 그녀로 볼 것이다. 그녀에게로 가는 길 위의 모든 것이 너에게는 그녀의 몸이다. 너는 한낮의 공원을 한가롭게 지나치며 이미 그녀와 만나고 있었다. 하나둘 틔기 시작한 벚꽃의 수줍은 향기를 그녀의 목덜미에서 맡고 있다. 잔잔한 바람에 부슬거리는 풀들의 낮은 진동을 그녀의 팔 위에서 느끼고 있다. 그녀의 조바심 내는 얼굴은 저기, 장난꾸러기 엄마의 손에서 사탕을 채 내려고 폴짝거리는 아이의 그것을 닮아 있을 거였고, 그리고 방금 여기, 거만한 표정으로 너를 깔보고 지나치는 여자의 도도하고 매끈한 다리는 그녀의 것이 되어 벌써부터 네 허리를 조여 오고 있었다. 너는 스쳐 지나가는 모든 것들 속에서 그녀를 미리 보았으며 그것은 곧 다가올 미래와 꼭 같았다. 네가 보지 못한 유일한 한 가지는 샤워 가운을 꼬아 매듭을 만드는 모습이었다. 하지만 매듭을 능숙하게 러닝머신의 손잡이에 묶고 있는 그녀의 얼굴은 공원의 경계를 벗어나면서 본 것 같았다. 몽글몽글한 봄 햇살에 터질 것처럼 빛나는 목련 꽃잎들. 너는 국어 선생님이 왜 그랬는지 모르겠다고 생각했을 것이다. 선생님은 왜 그렇게 눈부시게 하얀 블라우스만을 고집했던 것일까. 너는 그녀와 같은 사람에게는 욕정이나 분노가 존재하지 않는 줄 알았다. 그녀가 너를 할퀴고, 후려치고, 심지어 지휘봉의 날카로운 끝으로 네 등과 목을 마구 찔러 댈 거라고는 상상치 못했다. 너는 눈과 뺨 부위를 잔인하게 후려쳐 그녀의 광대뼈와 안와지골을 부러뜨렸다. 흉측하게 일그러진 그녀의 얼굴이 그녀답지 않았다고, 마스카라가 번진 눈, 추악하게 붉어진 뺨, 오열하는 입과 날카롭게 곤두선 목의 힘줄들이 창녀의 그것 같았다고 너는 정신과 의사에게 말했다.

정말 나랑 그 짓 하는 게 싫었다면, 그 여자 거기는 왜 점점 젖어 갔던 걸까요, 선생님?

정신과 의사는 상처를 입지 않기 위한 여체의 조건반사일 뿐이라고 대답했지만 너는 이해하는 것 같지 않았다. 아무리 그렇다 해도 국어 선생님이라면 자신의 그곳쯤은 통제할 수 있었어야지. 걸레처럼 질질 흘려서는 안 되는 거였지. 새하얀 블라우스만 입고 다니던 사람이 말이야. 그랬다면 그 짓도 계속하지 않았을 테고, 소년원에 가는 일도 없었을 텐데. 그래서 너는 공원 경계에 심어진 목련을 물끄러미 바라보았던 것이지. 저 꽃은 어쩌면 이리도 솔직한 것일까. 허공에서는 천사처럼 웃고 있으면서, 지상에서는 어떻게 저토록 더럽게 뒹굴 수 있는 것일까.

하얗게 흐드러지다 못해

검게 흐트러지고 말,

그녀의 운명을 너는 그곳에서 보았다. 상징은 미리 정해지는 게 아니라, 작품이 진행되는 과정에서 발견되는 법이다. 대낮에 거리와 공원의 경계에서 본 흰색과 검은색의 목련 꽃잎이 너에게는 그것이었다. 범죄 분석가들이나 좋아할, 단순하고 진부한 상징. 본인이 아는 게 전부라고 믿는 바보들. 그러면서도 비어 있는 구멍에 열광하는 변태들. 본인의 허점을 합리화할 뿐이면서 사건을 분석해 냈다고 자부하는 자기 성애자들. 그들은 모를 것이다. 네가 정말 바라본 것은, 천상의 꽃잎들과 지상의 꽃잎들 사이로 막막하게 뚫려 있는 여백이었음을. 무엇과 무엇의 사이가 아니라 텅 빈 곳에서만 발견되는 저 세계의 진정한 눈빛임을. 눈빛은 항상 너에게 묻곤 했지. 영원히 이곳에 남을래, 아니면 잠시 돌아갔다가 다시 올래? 너는 그 꽉 찬 허공을 볼 때마다 어지럼증이 들고 가슴이 아파 왔다. 너는 기억하지 못하지만 너에게는 종종 그런 일이 있어 왔다. 살인을 하기 전까지의 몇 시간이 먼 우주처럼 사라져 버리곤 했다. 잠에서 깨자마자 느낌만 남긴 채 사라지는 꿈.

그 속에서의 너는 평소의 너와 다르다. 꿈속의 너는 너보다 훨씬 똑똑하고 치밀하다. 충동적으로 행동해서 일을 그르치는 법이 없다. 논리적으로 사고하며 계획대로 수행한다. 네 안에는 두 명의 살인자가 공존하는 셈이다. 이 대목이 특히 중요하다. 나는 수십 번도 넘게 말했다. 이 대목이 빠지면 그들은 네가 범인인 게 이상하다고 생각할 것이다. 진짜 범인을 찾느라 수사력을 낭비하는 과오를 저지를 것이다. 내가 너인 것처럼 죽이면 될 게 아니냐고 너는 반문하고 싶겠지. 나의 대역 살인은 너의 작품 세계를 오염시킬 뿐이라고 화낼지도 몰라. 하지만 세상에 완벽한 흉내란 존재하지 않는다. 아무리 훌륭한 모방도 어설픈 원본보다 못한 법이다. 그러므로 내가 네가 되어 죽이는 것보다, 네가 내가 되어 죽이는 게 낫다. 너는 현실의 나이며, 나는 꿈속의 너니까.

나는 자유롭고,

너는 완벽하니까.

완벽한 너는 나처럼 자유롭게 그녀의 아파트에 침투할 수 있었다. 훔친 BMW로 손쉽게 보안을 뚫었고, 감시 카메라에 교묘하게 존재를 노출했다. 너는 너무나 완벽했으므로 그녀가 너를 보고 비명을 지르는 일 따위는 없었다. 너를 위해 준비한 일들을 조용히 상연했을 뿐이다. 그녀는 스스럼없이 샤워 가운을 벗고, 완전히 나체인 채로 매듭을 꼬았고, 경건한 태도로 목을 러닝머신에 매달았다. 너를 빤히 바라보는 그녀의 눈 속에, 엄숙을 가장한 환희가, 기대로 떨리는 무심이, 음욕에 부풀어 오른 순결이 하늘거렸다. 네 예상과 같았다. 그녀는 대낮의 공원에서 보았던 허공이었다. 아름다움으로 꽉 찬 틈이자, 스스로 완전하게 존재하는 사이였다. 네가 이곳까지 오며 보았던 모든 것들이 그녀 안에서 빛났다. 그녀 없이 건너온 너의 전 생애가 그녀 앞에서 까맣게 잊혔다. 그녀는 두 개의 입으로 두 개의 말을 했다. 미안해요, 나는 이런 사람이에요……. 하나의 입이 사과하는 동안, 자, 이제 다 알아 버렸으니 어떻게 할 참이죠?, 다른 입이 묻고 있었다. 너는 최고의 재료를 만난 기쁨에 가슴이 터질 것 같았다. 심장이 벌떡

거릴 때마다, 그 위에 엎드려 있는 두뇌가 스텝을 밟았다. 우우우우웅~ 회전하는 캐터필러는 네가 자동차로 달려온 아스팔트 길의 재현이었고, 그 위에 하얗게 누워 있는 그녀의 몸은 길 위에 떨어진 수많은 꽃잎들의 환생이었다. 러닝머신과 마룻바닥의 애매한 경계에서 그녀의 발들이 진동하고 있었다. 너는 똑같이 생긴 그 발들을 한 손에 하나씩 기꺼이 맞잡았다. 하나의 지류로 향하는 두 개의 길을, 발맞추어 거슬러 올라갔다.

봉긋한 가슴은 꽃잎처럼,

여린 갈비뼈는 잎맥처럼,

너를 부드럽게 감싸 안아 주었다. 어디선가 바다가 밀려와 물에 잠기고 말았으나 너는 무섭지 않았다. 공포는 구차한 삶의 다른 이름이라고 너는 생각해 왔다. 공포 따위는 남의 옷을 입고 사는 자들의 몫이었다. 그들은 사실 죽는 게 무서워서 범죄를 분석하는 거지. 매일매일 죽음을 두려워하느니, 살인을 걱정하는 편이 나으니까. 그러라지. 너는 그녀의 촉촉한 몸을 온몸으로 느끼며 냉소했다. 너에게는 그들이 즐겨 찾는 엄마도 없고, 그 흔한 여성 혐오증도 없었으니까. 성욕 때문도 아니고, 감수성이 부족해서도 아니었으니까. 다만 너는 항상, 하루도 빠짐없이 궁금했다. 이토록 생생한 외로움이라는 놈이 어떻게 눈에 보이지 않을 수 있는 것인지. 어쩌면 외로움은 진동일까, 아니면 빛의 산란일까? 어쩌면 정체불명의 현기증이거나, 애매한 곳의 통증이거나, 배 속의 휑한 감각일까? 단지 그것뿐이라고 말할 수 있을까? 단지 그것뿐인데 이렇게 아프고, 두 손 가득 쥐어도 한없이 그립고, 솜털 하나하나에 와 닿는 감촉조차 전생처럼 아득한 것일까? 너는 언제나 그랬다. 외로워서 찾는 게 아니라 만나서 외로웠다. 그날도 그랬다. 그녀를 품에 안고 나서야 너는 비로소 텅 비어 버렸다. 생각에 구애받지 않고 본능에 몸을 맡길 수 있었다. 주위를 채웠던 바닷물이 천천히 빠지기 시작했다. 갯벌이 드러나면 섬과 산이 자연스럽게 손을 맞잡듯이, 너는 그녀와 하나가 되었다. 꽃게들이 어지럽게 기어 다니는 감촉이 네 몸을 휩쓸고 지나갔다. 그녀의 목덜미에서 미끈한 수초의 냄새가 났고, 주위에서는 낮은 파도가 일렁거렸다. 그녀가 흔들리는 건지, 파도가 흔들리는 건지, 갯벌이 흔들리는 건지, 점점 구분할 수 없었다. 시간이 빨라졌다 느려졌다 했다. 몇 번씩이나 갯벌에 바닷물이 들어왔다 나갔다 했다. 바닷물이 들어오면 그녀의 몸을 바짝 잡아당겼고, 그녀는 숨이 막혀 버둥거렸다. 밀봉된 공간이 귓속에서 이명을 일으키고, 그녀를 숨이 문턱에 걸릴 때까지 몰아붙였으나, 기진맥진하여 팔에 힘을 놓으면 어김없이 바닷물은 다시 빠져 갯벌의 시간이 돌아왔다. 방금 태어난 싱싱하고 여린 바람과, 지구 반대편에서 시작되었을 파도의 끝자락과, 마침내 탄식처럼 덧없이 사라지는 포말과, 수많은 생명을 잉태하고 있는 갯벌의 넉넉한 품이 그녀와 하나였다. 평화로운 새소리가 그치면, 그녀의 억센 다리는, 연체동물의 그것처럼 네 몸을 감았고, 그녀의 촉수는 너와 함께 거대한 바닷물을 끌어들여, 너의 영혼을 당기고, 조이고, 흡착하여, 너는 그만 심장이 터질 것처럼 아파 오기 시작했다. 네가 깊이 파고들수록 강해지는 그녀의 몸. 너의 숨이 가빠 올수록 웃음이 번지는 그녀의 얼굴. 마침내 그녀의 허리가 캐터펄트의 장대처럼 당겨지고, 횡격막이 팽팽한 긴장으로 경련을 일으켰을 때, 너는 온몸이 파열될 것 같은 고통을 느껴 한껏 열린 그녀의 가슴 밑 늑골 사이로 칼을 찔러 넣었다. 쉬이익, 하는 소리와 함께 네 손등에 따듯한 바람이 불었다. 그녀의 눈동자 속에서 은하계 하나가 통째로 폭발하는 것을 너는 보았다. 그녀는 얼마나 깊은 쾌락에 도달했던 것인지, 탈진해 축 늘어져 버린 후에도,

한동안 몸을 떨었다.

하얗게 흐드러지고 있었다.

거울 속의 풍경

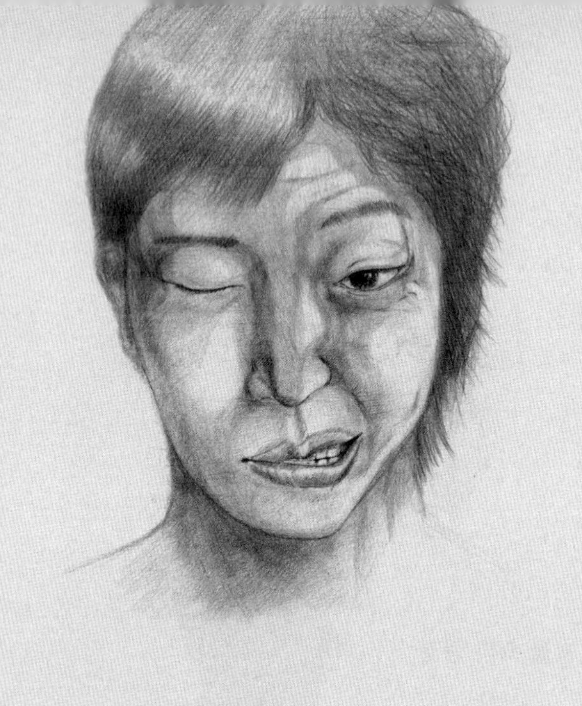

"이 시간에 웬일?"

거북은 행어를 걸어 둔 채로 물었다. 문틈으로 그를 주시하는 눈빛이 날카로웠다.

"너야말로 웬일? 이 시간에 잠을 다 자고?"

그는 가벼운 말투로 접근했다.

"나는 프로. 프로는 생활 관리 필수."

"프로, 컴퓨터 좀 빌려 쓰자."

"문사에겐 만년필. 병사에겐 소총. 라커에겐 기타."

그의 표정이 진지해졌다.

"장난칠 기분 아냐."

"나도 장난 아님."

그는 거북이 제일 싫어하는 예외를 들먹였다.

"에스키모는 여행객한테 아내를 빌려 주는 게 풍습이잖아."

"나, 에스키모 아님. 너, 여행객 아님."

허리춤에 손을 올린 그가 낮게 말했다.

"지금까지 불법행위 다 고발한다."

"탄압은 해커의 명예."

"네 시스템과 정보 다 사라질 텐데?"

"복구는 해커의 일상."

거북은 완강했다. 할 수 없이 그는 마지막 카드를 내밀었다.

"앞으로 투자 정보 안 줘도 돼? 노후 대책 필요 없어?"

거북의 목이 무엇에 놀란 듯 움츠러들었다. 거북은 짧은 팔로 가슴에 파묻힌 턱을 간신히 받치고 생각에 잠겼다.

"변경 금지. 다운 금지."

거북은 퉁명스럽게 말하고는 문을 열어 주었다. 거북의 아내는 온갖 쓰레기와 잡동사니 속에 살고 있었다. 거북은 그 사이사이에 교묘하게 발을 짚으며 컴퓨터 주위를 잘도 서성였다. 막 옷고름 정도를 풀다 만 그가 한숨을 쉬며 한차례 쏘아보고 나서야 마지못해 자리를 피했다. 그는 은행 사이트에 접근해 금융 정보부터 점검했다. 클릭 수가 늘어날수록 그의 얼굴은 굳어졌다. 신용카드가 죄다 분실, 재발급 상태였다.

통장, 주식, 채권 등등을 차단하기 위해 인터넷뱅크에 접속

하려던 그는 얼굴이 하얗게 얼었다. 보안 카드가 무력화되고 비번이 변경돼 있었다.

"구!"

그는 비명을 지르듯 거북의 애칭을 불렀다. 거북은 구르듯이 컴퓨터 앞까지 뛰어왔다.

"누군가 내 신용카드랑 인터넷뱅킹 아이디를 전부 도용했어. 어떻게 이런 일이 가능하지?"

거북은 시큰둥한 반응을 보였다.

"안 되는 게 이상."

"그럼 다시 내 걸로 바꿔 줘."

거북은 무언가를 확인해 보더니 고개를 흔들었다.

"안 되는 거 없다며."

"도둑질과 장물 취급은 다름."

상대방도 해커라는 얘기였다. 해킹한 걸 다시 해킹하는 건 그냥 해킹보다 백 배쯤 위험했다. 레이더나 부비트랩에 걸릴 수 있으므로. 그 정도는 그도 알고 있었다. 거북을 처음 안 게 3년 전이었다. 돈 많은 중국 놈들이랑 맞붙었을 때였다. 목이 짧고 몸이 앞뒤로 빵빵한 게, 처음 봤을 때는 사람인지 거북이인지 영 헛갈렸다. 지금은 모니터에 멍청한 표정으로 앉아 있는 모습이 영락없이 거북이였다. 그는 답답한 마음에 담배를 한 대 꺼내 물었다. 한 모금 내뿜자마자 거북이 맨손으로 잡아 껐다. 앗, 뜨거움. 이런, 뜨거움. 그래 놓고 혼자 호들갑이었다. 그렇게 컴퓨터가 걱정되면 청소 좀 하지.

"번호 하나만 추적해 줘."

"무슨 번호."

"전화번호."

"그건 불법."

"합법적인 해킹도 있냐?"

"국가 상대 노."

"장물만 아니면 된다며."

거북은 「스타워즈」의 알투디투(R2D2)처럼 그한테 스윽, 목을 돌렸다가 스윽, 원위치했다.

"준비 완료."

"공이, 칠육공이, 사구이공."

거북은 프로그램을 몇 개 돌려 보고 나서 말했다.

"미등록번호."

그의 얼굴이 붉어졌다.

"그럴 리가. 내가 직접 전화를 받았는데."

"미등록번호. 확실."

"그러지 말고, 좀! 이건 중요한 일이란 말야."

그가 버럭 소리 질렀다. 거북이 목을 움츠렸다. 그가 급기야 눈물을 보이자 거북은 고개를 반대편으로 틀었다. 그도 자신의 눈물에 당황했으나, 거북의 앞이어서 다행이었다. 그는 거북에게 고민을 털어놓은 적이 많았다. 거북은 타인에게 감정적으로 동조하지 않아 편했다. 본인이 불법적인 존재인 데다 친구도 없어서 입이 무겁기까지 했다.

"누군가…… 나를 노리고 있어."

"……."

"내 신원을 조목조목 훔치고 있어. 누군지 알아내야만 해."

"……."

"단서는 전화번호뿐이야. 제발 좀 도와줘."

거북은 무언가를 곰곰 생각하더니 키보드를 두드리기 시작했다. 전동차의 레일 소리처럼 점차 속도가 붙었다. 그의 생각도 그 박자에 맞춰 걸었다. 누군가, 내, 신원을, 훔쳤다. 휴대전화도, 복제했을, 것이다. 돈이, 목적인 게, 분명하다. 그녀도, 그래서, 죽였을, 거다. 그렇지 않다면, 대체 왜…….

"이건 뭐임?"

거북이 깜짝 놀란 어투로 말했다.

"김대현. 33세. 증권 브로커. 이거 당신 아님?"

"이 인간이 전화번호 추적하라니까 새삼 왜 내 신상을……."

"당신, 어제, 자수?"

거북이 그와 모니터를 번갈아 보며 허둥거렸다. 거북이 감정 표현을 하는 건 흔한 일이 아니었다. 그는 거북을 밀치다시피 모니터 앞에 섰다. 문서를 읽어 내려가는 내내 속눈썹이 가늘게 떨렸다. 거북이 해킹한 문서는 김대현이 한이연을 금요일 밤 8시쯤에 살해했다는 내용의,

자수 조서였다.

*

주말 내내 그를 쫓은 것은 그의 상상력이었다. 두려움에 사로잡힌 그에게 점퍼 차림의 남자는 죄다 형사였고, 눈빛이 날카로운 남자는 죄다 킬러였다. 그는 가까이 다가오는 사람들을 모두 적으로 간주할 수밖에 없었다. 도를 아세요 청년과, 아가씨 있어요 총각을, 난데없는 고함으로 쓰러뜨린 적도 있었다.

거대 도시에 사각지대는 없다. 감시 카메라보다 무서운 것은 전파다. 지구 위라면 어디든 30미터마다 한 군데씩 내비게이션 좌표가 찍힌다. 휴대전화를 켜기가 무섭게 파장의 미사일이 날아온다. 최근거리에 있는 무선 인터넷 송수신기가 전화기 신호를 접수하면, 지상으로부터 2만 여 킬로미터 바깥에 있는 세 개의 인공위성이 입체 삼각측량으로 정확한 위치

를 찾아낸다. 그가 곧장 거북을 찾지 않은 것은 아무에게도 알리고 싶지 않아서였고, 이틀도 안 돼 거북에게 간 것 또한 그 누구의 추적도 당하지 않기 위해서였다.

실제로는 아무도 그를 뒤쫓지 않았다. 공식적으로, 김대현은 지난 금요일 밤 애인을 살해하고 자수했다. 가짜가 그의 신원뿐 아니라 혐의까지 훔쳐 간 것이다. 가짜가 직접 그랬는지, 배후가 있는지는 미지수지만, 그가 더 이상 김대현이 아님은 분명했다. 그는 자신이 진짜임을 증명할 수도 없었다. 현재, '김대현'은 살인자였다.

그렇다면 나는 뭔가?

옷걸이였니? 아니면 이름에 달린 이름표? 그는 허공에 대고 물었다. 허공은 그의 질문을 못 들은 척했다. 이제 너와는 절교야, 말 시키지 마, 하는 듯한 표정이었다. 날씨가 좋았다. 세상이 그만을 따돌리고 낄낄대고 있는 것 같았다.

그는 오랜만에 목적 없이 길을 걸었다. 그의 기억으로는 생애 최초였다. 아버지는 아들이 정해진 시간에 집에 들어와 있는지 매일 확인했다. 제때 전화를 받지 않으면 반드시 회초리나 야구방망이를 들었다. 어린 그는 엄격한 직장에 출퇴근 도장을 찍듯 집에 머물렀다. 시간만 지키면 아무 일도 시키지 않는 이상한 직장이었다. 근무지 이탈은 상상도 할 수 없었고, 방과 후 분식집이나 오락실에 가는 일조차 탈선이었다. 놀러 나갔다가 다시는 돌아오지 못한 형이 있었음은 중학생 때 알았다. 치매가 시작된 할머니는 그를 종종 형의 이름으로 불렀다. 할머니는 요양원에 격리되었으나 전화는 자주 할 수 있었다. 할머니의 기억력은 엉망이었지만 형에 대한 기억만큼은 앞뒤가 정확히 맞았다.

어느 날, 사라진 기원으로부터 도미노가 쓰러지기 시작했다. 쓰러진 도미노는 서 있을 때와는 다른 무늬를 갖고 있었다. 한낮의 커피숍에서 놀고 있는 그를, 엄마의 친구가 지나치게 빤히 쳐다보고 있었다. 어머, 남편이랑 닮았네, 어쩜 신기하다, 얘. 어떤 자선단체의 저녁 식사 자리. 초등학교에 갓 입학한 아이가 나이프질이 서툴러 고기를 손으로 집어 먹었을 뿐인데도 엄마는 화장실에 데려가 엄하게 쥐질렀다. 근본도 없는 아이처럼 그래서는 안 돼, 알겠어? 중학교 2학년. 할아버지 존함을 한자로 쓰는 문제를 틀려 왔을 때 아버지는 골프채를 들었다. 제사 때 모이는 친척들의 한자 이름을 죄다 외우는 숙제는 덤이었다. 과거라는 유리창이 통째로 깨어지자 모든 기억의 조각들이 흉기가 되었다. 그때부터 그에게는 사소한 기억을 무서워하는 버릇이 생겼다.

그는 고개를 처뜨리고 걷다가 문득 서 버렸다. 간밤 폭우에 흩어진 꽃잎들이 물방울 같았다. 말갛게 갠 하늘과 젖은 거리는 치매에 걸린 할머니 같았다. 발리 수제 로퍼 안에서 며칠째 양말을 갈아 신지 못한 발이 끈적거렸다. 쇼윈도에 비치는 감색 아르마니 양복이 처참하게 구겨져 있었다. 가장 낯선 것은 얼굴이었다. 자신이 고아임을 알았을 때보다도 생소해 보였다. 유치원에 다닐 때 그는 금색과 은색을 구분하지 못했다. 어느 게 금색이냐는 질문에 선생님이, "더 좋은 게 금색이야."라고 답했기 때문이다. 그는 은색이 더 좋았으므로 은색을 금색이라고 외워 버렸다. 하지만 금색을 달라고 했는데 은색이 주어지는 일이 매번 반복되자 할 수 없이 원래 알던 것을 거꾸로 생각하기로 했다. 금은 색맹에서 벗어난 건 잠깐, 그는 며칠 만에 혼란에 빠졌다. 애초에 무엇을 금색으로 여겼는지가 기억나지 않아서였다. 최초의 금색이 망각 속으로 사라진 것이었다. 꿈속에 등장한 산신령은 전래 동화와는 다른 질문을 던졌다. 이게 금도끼인 것 같니, 아님 이게 금도끼인 것 같니?

그는 자신의 첫 번째 꿈이 헤비메탈 기타리스트라고 기억했으나 초등학교 학생 기록 카드에는 장래 희망이 '금융인'이라고 또렷이 적혀 있었다. 그 세 글자를 보자마자 확신이 서질 않았다. 아버지가 무서워서 기타리스트의 꿈을 접은 것인지, 기대에 반발하고 싶어서 기타리스트의 꿈을 꾼 것인지.

설사 로봇 조종사나 마법사가 장래 희망이었다 한들 기억하지 못한다면 무슨 소용인가?

그는 밤마다 일기를 썼다. 모든 일과 생각을 빠짐없이 기록했다. 그에게는 일기가 '나'였다. 하루라도 빼먹으면 '나'는 그날 죽어 있었던 거였다. 거꾸로 그는 '나'로부터 자유로워질 수 있었다. 금색이었는지 은색이었는지는 일기가 결정할 몫이었다. 일기의 고민이 많아지는 동안 그의 방황은 줄어들었다. 그는 아무런 혼란도 없이 고객의 투자 이윤으로, 회사의 실적으로, 동료들의 물주로, 돈 잘 버는 아들로 존재할 수 있었다. 언제부터인가는 비공개로 인터넷에 올려놓았다. 누가 보는 건 싫었지만 서랍 안에만 넣어 두려니 왠지 쓸쓸했다. 아무래도 놈은 그 일기를 읽은 게 틀림없었다. 아무래도 그랬을 것 같았다.

"지문은? 유전자 정보는 같아도 지문은 다르잖아."

거북은 한숨을 쉬었다. 그의 처지를 동정해서가 아니라 말버릇 때문이었다. 명사형으로 짧게 끝낼 수 없는 질문을 받을 때마다 인상을 찌푸렸다. 거북은 손가락으로 오른쪽 모니터를 가리키더니 빠른 속도로 키보드를 두드렸다.

요즘에는 구청에서도 경찰에서도 다 디지털 지문을 써. 놈은 아마 그걸 자신의 것으로 바꿔치기했을 거야. 처음에 지문을 채취한 문서를 찾아내 대조해 보지 않는 이상 네가 김대현인 걸 증명할 방법은 없는 거지. 아하!

거북은 자동 지문 검색 시스템을 컴퓨터에 연결하더니 그의 지문을 스캔했다. 거북이 몇 가지 조건을 입력하고 엔터를 누르자 모니터에 쌍둥이 동생의 신원이 떠올랐다. 박이명, 33세, 무직…….

"역시 난 천재. 아싸."

거북은 탄성을 질렀지만 그의 얼굴은 사진 속 인물의 그것처럼 굳어졌다. 서서히 그가 모니터 속의 인물로 변해 가는 것처럼도 보였다.

쇼윈도를 바라보던 그는 몸을 좌우로 흔들어 보았다. 쇼윈도에 비친 남자는 그의 동작을 정확하게 따라 했다. 번개처럼 빨리 움직여도 보았으나 남자는 실수하는 법이 없었다. 가게 주인이 문가에 서서 이상한 눈으로 쳐다볼 때까지 그는 남자와의 게임을 계속했다. 얼굴이 붉어져 돌아서면서도 곁눈으로는 남자의 움직임을 감시했다. 남자는 쇼윈도 위를 떠나는 마지막 순간까지 완벽했다.

그는 자신이 쇼윈도 속으로 사라졌다고 상상했다. 횡단보도 저쪽에서 걸어오는 여자를 향해 정면으로 걸어가 보았다. 여자는 멈칫했으나 너 같은 미친놈이 한두 번이 아니었다는 듯 익숙하게 그를 피해 갔다. 파리 따위를 쫓듯 팔로 그의 몸을 노골적으로 밀쳐 내기까지 했다. 그는 보도를 건너기 직전 멈춰 섰다. 파란 대기 신호의 리듬에 맞춰 눈을 깜박거려 보았다. 잠시지만 여자를 뒤따라갈까 말까 고민했다. 빨간 등이 들어오자마자 커다란 선글라스를 낀 또 다른 여자가 클랙슨을 울렸다. 그가 비키지 않자 차는 난폭하게 출발해 버렸다. 사이드미러가 그의 팔 관절을 호되게 후려쳤다. 뼈를 타고 오르는 통증이 그에게 일깨운 것은 공포였다. 자신과 같은 유전자를 가진 자가 살인범이라니. 놈이 경찰서가 아니라 자신의 몸 안에 들어앉은 것 같아 느껴웠다.

두어 번 헛구역질을 하고 나서야 궁금해졌다. 놈은 왜 자수한 것일까. 그의 신분을 가로채기 위해서? 그렇다 해도 살인범이 돼 버리면 아무 소용이 없잖아. 일종의 자살 테러일까? 너를 죽이기 위해 나도 죽는다는? 누명을 씌우는 방법도 얼마든지 있었을 텐데? 그는 무서웠다. 이해할 수 없는 것처럼 무서운 것은 없었다. 그는 놈이 자신의 쌍둥이라는 사실을 납득할 수 없어서 무서웠다. 아무리 유전자가 같아도 사람은 정반대일 수 있는 거라고 생각하고 싶었다. 같은 종이지만 병정개미와 일개미가 전혀 다른 개미인 것처럼. 만약 공통점이 있다면 그건 피차 혈육의 정 따위는 갖고 있지 않다는 사실이리라.

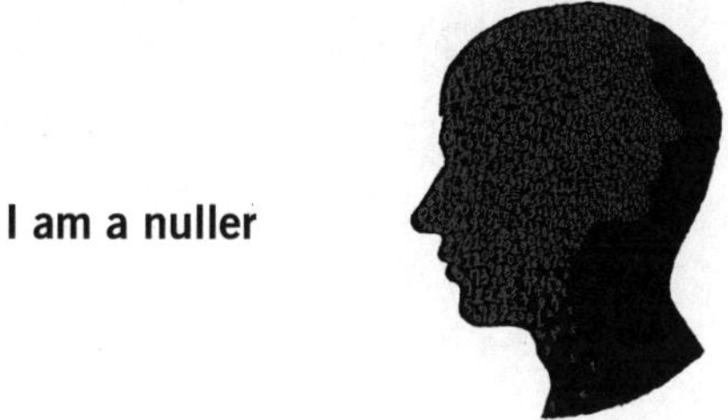
I am a nuller

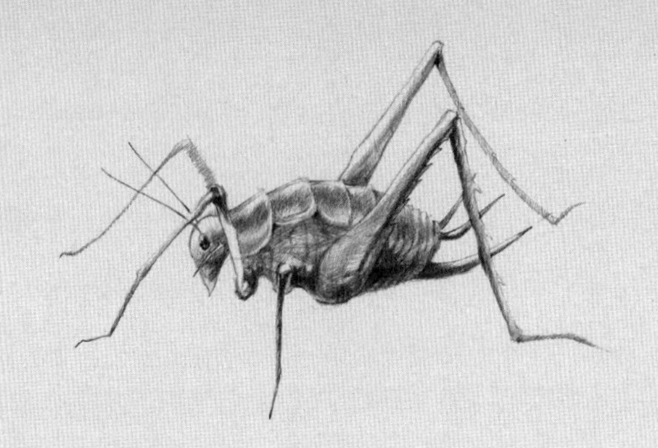

날아다닐 까마귀도,

떨어질 배도 죄다 사라진,

월요일이었다. 모든 것이 사라진 월요일에 한이연과 김대현의 기사가 사방에 떴다. 그가 그 기사를 인터넷으로 읽은 곳은 박이명의 원룸이었다. 싱크대는커녕 화장실도 없는, 말 그대로 원. 룸. 이었다. 각목에 못을 박아 만든 옷걸이에 옷 한 벌, 역시 하나씩 있는 이불과 요는 걸레거나 걸레 이상이었다. 컴퓨터 안의 포르노만이 하나가 아니었다. 옆방 여자는 포르노 소리가 들리면 지구가 멸망하는 소리를 냈다. 교성과 함께 감상하면 각성 효과 내지는 최면 효과를 유도할 수 있었다. 포르노가 끝나기 전에는 옆방 여자의 그것도 그치지 않았다. 옆방 여자의 괴성을 잠재울 수 있는 건 옆방 여자의 옆방 여자뿐이었다. 저기 아저씨들 온다! 몇 번이면 기절한 듯 잠잠해졌다. 옆방 여자가 옆방에서만 떠드는 건 아니었다. 보통은 온 동네를 휘젓고 다니면서 소리를 질렀다. 처음 보는 사람은 비명이나 방언 따위로 여겼지만, 자세히 들으면 인간의 언어가 아닌 것은 아니었다. 여자는 보이지 않는 누군가에게 쉬지 않고 훈계를 했다. 대상은 그때그때 달랐다. 어린 꼬마일 때도, 세상에 없는 사람일 때도, 살아 있는 전직 대통령일 때도 있었다. 남녀노소를 불문하고 반말에 욕설이라는 것만은 변함없었다.

길거리에서는 그가 옆방 여자의 옆방 여자였다. 한참 읔박지르다가도 그를 발견하면 옆방 여자는 고요해졌다. 그럴 때 옆방 여자의 눈동자 속에는 폭풍이 지나간 바다가 펼쳐졌다. 맑고, 촉촉하고, 평화로웠다. 그 편이, 훨씬 더 무서웠다.

그는 여기저기서 범죄와 관련된 책들을 잔뜩 빌려 와 읽었다. 옆방 여자의 고함 소리는 책의 내용을 더욱 실감나게 해주었다. 옆방 여자가 옆방에 없을 때 그는 포르노를 보았다. 살인자의 컬렉션은 활기와 집중력을 되찾아 주었다. 그는 포르노를 통해 살인자의 성향을 파악하고자 애썼다. 놈은 여성의 하체가 드러나는 앵글을 선호했다. 대부분 다리가 가늘고 매끈했다. 외모나 체형이나 인종 등은 다양했고, 헤어 스타일이나 복장, 가슴 크기에도 공통점이 없었다. 후배위, 특히 서서 하는 자세가 많았고, 항문 섹스도 적지 않았다. 다리가 풀컷으로 나오는 더기 스타일은 하얗고 수수한 청순가련형들의 차지였고, 오럴, 스리섬, 뱅, 밴디지, 부카케는 검거나 화장이 짙거나, 망사 따위의 야한 복장을 한 여자들의 몫이었다. 폴더 안에는 포르노와 어울리지 않는 파일도 있었는데 인어의 실존에 관한 사진과 자료였다.

그가 읽은 책에 의하면 살인자의 페티시즘은 시체 절단 성향의 표지였다. 유기하기 위해서가 아니라 성적 만족을 얻으려고 자른다. 자체로서 완전한 신체 부위를 인간의 불완전한 몸으로부터 분리하는 것이다. 여자를 마주 보지 않는다는 것은 정상적인 인간관계의 실패를 의미했다. 놈의 성적 판타지는 자신의 이상형, 즉 상상 속의 엄마와 개처럼 하는 것이다. 개처럼 해야만 엄마와 눈이 마주치지 않을 테니까. 현실 속의 유희는 창녀들과 즐길 일이다. 그들과는 얼마든지 마주 볼 수 있다. 어차피 그들은 의미 없이 죽을 운명이니까.

그는 박이 훈련받은 킬러가 아니라는 결론에 도달했다. 박은 사이코패스였다. 그렇다면 놈은 이연을 죽인 게 아닐 수도 있었다. 놈은 이연을 부활시키려고 했다. 저주받은 인간의 육체로부터 해방된 한 마리 아름다운 인어로. 이연은 아마도 놈의 이상형이었을 것이다. 덕분에 다리도, 얼굴도, 온전하게 지킬 수 있었다. 그녀는 놈으로부터 특별 대우를 받았다.

그는 상어 아가미 형상의 자상을 기억했다. 칼자국은 폴라로이드 사진처럼 시간이 갈수록 선명해졌다. 서툰 칼질 때문에 잔상처로 어지러웠으나 놈은 양쪽 늑골에 세 개씩 정밀한 자국을 남기고 싶었던 게 분명했다. 왼쪽이 오른쪽보다 깔끔한 것은 놈이 왼손잡이여서라기보다는 왼쪽을 나중에 찔렀다는 의미 같았다. 놈은 점점 더 수월하고 정확하게 칼을 찔러 넣을 수 있었다. 익숙해져서이기도 했겠지만 피해자가 죽어 갔기 때문이었을 것이다. 젖무덤 바로 밑 상처에서는 피가 분출했으나, 밑으로, 왼쪽으로 갈수록 흐르거나 고인 흔적이 보였다. 질식사시키고 찌르거나, 찔러 죽이고 매단 게 아니란 얘기였다. 매달고, 찌르고, 조르고, 또 찌르고, 죽이고, 다시 찔렀다.

그는 도서관에서 책을 읽다 말고 울음을 터뜨렸다. 표정 없이 울었으므로 눈치챈 사람은 거의 없었다. 피를 흘리듯 눈물을 배출하며 자신에게 구역질을 느꼈다. 살인자와 세포핵 하나하나까지 합동인 자신의 몸. 몸 전체를 갈가리 찢어 잘게 다진다 해도 없어지지 않을 유전자. 그녀는 놈을 그로 여겼을 것이므로 저항하지 않은 건 당연했다. 마지막 순간까지 애인이 자신을 난도질하고 있다고 생각했겠지. 그녀의 마지막보다 그녀의 마지막 기억이 더 슬펐다. 그 생각만 하면 그녀가 받은 칼이 자신의 심장에 박히는 기분이었다. 칼은 이물스럽고, 미끈하고, 뜨거웠다. 온몸의 체온이 찔린 곳을 향해 몰려왔다. 몰려오다 못해 소화되고 있었다. 심장의 벌어진 틈이 괴물의 입이 되어, 그의 몸을 안으로부터 흡입하고 있었다.

그는 외출을 끊었다. 사다 놓은 컵라면이 떨어지자 식사조차 끊어 버렸다. 통조림 속에 밀봉된 음식처럼 그는 썩지도 못한 채 죽어 있었다. 누워 있는 모습이 미라의 일종이 돼 가는 과정으로 보였다. 하지만 누군가 통조림을 따기라도 하면 지난 세월을 되돌리듯 순식간에 세균과 곰팡이로 뒤덮일 기세였다. 그는 생각하는 시체였다. 멀쩡히 살아 있는 생각이었다. 생각들은 역병처럼 창궐했다. 생각들이 지독한 열병과 발작의 고통 뒤에 사멸하고 나서야 그는 잠들 수 있었다. 죽음 같은 잠 속에서 생각들은 부활했다. 잠에서 깨어나도 온통 부서지고 부패한 생각들이 눈앞을 가려 그는 아무것도 볼 수 없었다. 그의 뇌는 좀비들만이 살아남은 지구처럼 절망적이었다. 아무리 쏘아 없애도 새로운 좀비들이 끊이지 않았다.

사흘의 변태 기간을 거쳐 그는 고치를 벗어났다. 내장을 새끼줄처럼 꼬는 것 같은 통증의 습격을 받았다. 통증에 대한 반작용으로 일어설 힘을 얻었다. 팔을 떨고 다리를 저는 좀비가 되어 가까운 분식점에 갔다. 고래가 물고기 떼를 사냥하듯 떡국 속의 떡들을 흡입했다. 가게를 나오자마자 구역질이 나서 토악질을 했더니 위장이 통째로 튀어나왔다. 농구공처럼 탱탱해진 위장으로 드리블을 하며 공중화장실에 갔다. 깨끗이 비우고 세척한 위장을 재장착하고 분식집에 돌아가 라면을 먹었다. 입을 꾹 담고 참았더니 입을 제외한 모든 구멍에서 국물과 면발이 튀어나왔다. 그런 짓을 몇 번이나 반복하고 나서야 포만감을 느낄 수 있었다. 하지만 그것도 잠깐, 몇십 분 후 화장실로 달려간 그는 변기 속에 대장과 소장과 십이지장을 첨벙첨벙, 차례로 빠뜨리고 말았다.

탈진해서 죽어 버린 그는 다음 날 아침 부활했다. 죽집에서 죽을 사 먹으며 전의를 불태웠다. 힘줄 하나 남기지 않고 잘근잘근 씹어 삼켜 주겠어. 큰소리치던 전의는 포만감이 방문하자 안절부절못했다. 박이명만 김대현이 된 건 아니었다. 그는 이제 박이명이었다. 공식적으로는 그랬다. 박이명의 신분으로 할 수 있는 건 아무것도 없었다. 전과는 없었지만 소년원 출신이었다. 검정고시로 고졸을 땄다는 것 외에 기록으로 남은 경력은 전무했다. 신용 거래에서는 5년 전에 퇴출당했고, 단 하나 있는 통장의 수입 내역은 식당, 세차장, 이삿짐 센터, 용역 업체, 주차장 등지를 전전했음을 보여 주었다. 수상한 것은 최근의 수입 내역이었다. 달에 100만 원씩 꼬박꼬박 송금

하고 있는 법인을 추적해 보니 유령 업체였다. 이름은 더욱더 수상했다.

(주) 넘버

그는 인터넷 사전에서 '넘버'를 검색해 보았다. 기대 이상의 많은 뜻이 있었다. 숫자, 번지, 번호, 수, 특정 집단, 잡지 호수, 노래, 드레스, 자동차 등을 가리켰고, '번호를 매기다', '합한 수가 얼마가 되다' '특정 집단에 들어가다'의 동사로도 쓰였다. 생각할수록 묘한 단어였다. 아무리 상호 명이라지만 '숫자'라는 말이 어떻게 무언가의 이름으로 쓰일 수 있다는 말인가? 마치 '여러 마리'라는 이름을 지닌 동물이나 '한 명'이라고 불리는 사내를 만난 기분이잖아. 숫자는 존재에 대한 모독이라고 생각해 왔다. 150그램이라는 단위가 죽기 전의 소나 돼지에 대해 뭘 말해 줄 수 있을까. 어린 시절, 총알 한 발이 100원임을 알았을 때 그는 어지럼증에 빠졌었다. 왠지 그게 탄알이라면 훨씬 비싸야만 할 것 같았다. 사람 죽이는 값이 쭈쭈바보다 싸다는 건 이상하잖아?

누군가가 숫자를 이름으로 가질 수 있다면, 자신은 '천분의 일'이나 '만분의 일'쯤으로 불려야 한다고 생각했다. '김대현'은 수많은 우연 중 한 가지만 어긋났어도 다른 아이의 것이 되었을 이름이었다. 그는 그 이름을 필연으로 만들기 위해 평생을 긴장 속에서 살아왔다. 공부를 열심히 한 것도, 돈을 많이 벌려고 한 것도 모두 '김대현'을 확고하게 자신의 것으로 만들기 위해서였다. 그런데 그가 수십 년 동안 '김대현'이라는 이름 속에 채워 넣은 것은 결국 여러 개의 숫자일 뿐이었다. 상급 증권 브로커라면 다 마찬가지였다. 어느 날 갑자기 동료가 개가 되건, 사이코가 되건 숫자만 정확하면 아무도 신경 쓰지 않았다. 어느 날 갑자기 이상해지는 브로커들은 아주 많았으니까. 갑자기 성격파탄자가 되거나, 치명적인 건망증에 걸리거나, 설사 정신병자가 된다 해도 놀랄 사람은 없었다. 박이명이 수십 개의 넘버를 알아내는 것만으로도 '김대현'의 신원을 훔칠 수 있었던 이유였다.

설사 쌍둥이가 아니라도 외모를 정밀하게 복제할 수 있었다면 도둑질은 성공했을 것이다. 놈은 학교 선생을 강간했지만 미성년자라 전과도 남지 않았고 유전자 채취도 안 했다. 범죄자 유전자 은행은 최근에야 생겼다. 그도 마찬가지로 지금까지 병원이나 관청에 유전자 정보를 제공한 일이 없었다. 누구든 그를 사칭하는 데 성공하여 자신의 정보를 먼저 등록해 버렸다면 그게 곧 '김대현'의 유전자 정보로 확정되었을 거란 얘기였다. '김대현'은 실체 없는 이름이었다. '김대현'이라는 이름이야말로,

숫자들에 불과했다.

*

그것들이 두 마리…… 네 마리…… 여덟 마리로 증식한 것은 창밖에서 빗소리가 난 후부터였다. 숫자를 셀 수 있을 때에는 여러 마리의 꼽등이였다. 하지만 사이와 사이가 사라지고, 높이와 부피를 가지기 시작하자, 하나의 거대한 수은 덩어리가 되어 있었다. 또르르 또르르. 방바닥이 놈들을 굴리는 건지, 놈들이 방바닥을 기울어뜨리는 건지 구분할 수 없었다. 몸이 마비되어 피할 수도 없었다. 감각이 남아 있는 팔과 다리로 방바닥을 반대쪽으로 기울이려 했으나 또르르 또르르르, 놈들은 한 방울, 두 방울 미끄러져 내려 마침내 그의 몸을 삼키고 말았다. ㄷ, ㅏ, ㄴ, ㄷ, ㅏ, ㄴ, ㅎ, ㅐ, ㅈ, ㅕ, ㅇ, ㅑ, ㅈ, ㅣ. 하나가 된 여러 개의 방울들이 짧은 낱소리들을 결합해서 말했다. 크리스털 풍경이 바람에 흔들리는 소리가 났다. 그는 마지막 세포 하나의 힘까지 끌어모아 몸을 뒤틀고 흔들었지만 놈은 더 커지고 세질 뿐이었다. 점점 집요하게 옥죄어 그의 몸을 바닥에 옴짝달싹할 수 없이 붙박았다. 마침내 그는 눈물을 흘리며 애원했고, 그러자 놈은 그의 모든 구멍 속으로 파고들어 왔다. 그는 자신의 몸에 우주의 행성만큼 많은 구멍이 있음을 새삼 깨달았다. 수억, 수조의 고통을 아로새기며 서서히 쇳조각으로 변해 가고 있었다.

이히히히히.

여자애가 웃고 있었다. 여자애가 웃으며 그의 그것을 만지작거리고 있었다. 다리 사이로 몰려가는 피의 본능으로 그는 여자애의 허리를 잡았다. 아슬아슬한 표면장력을 가진 허리. 가만히 손을 대면 탱글탱글 옹골차다가도, 조금만 힘을 넣으면 금방이라도 흩어질 것처럼 야리었다. 어둠 속에서 균형을 잃어 가던 그의 눈이 살짝 떠졌다. 히히거리며 내려다보는 여자의 인상이 허리의 감촉과 좀 달랐다. 서로 반목하는 머리와 손 사이에서 갈등하다가 그는 소스라치게 놀랐다. 발길로 걷어차듯 해서 여자를 떼어 냈다. 이불을 당겨 몸을 가린 다음 허겁지겁 옷매무새를 정리했다. 그의 무릎과 발에 가슴과 골반을 얻어맞은 여자는 웃지 않았다. 의도를 알 수 없는 눈빛으로 그를 쳐다보고 있었다.

"무, 무슨 짓입니까?"

"……."

"남의 방에 함부로 들어오면 죄라는 거 몰라요?"

"……."

여자의 한쪽 얼굴이 이지러졌다. 한바탕 훈계가 시작될 줄로 알고 그는 잽싸게 마음의 준비를 했다. 하지만 잠시 후 흘러나온 여자의 음성은 여렸다.

"저한테…… 갑자기 왜 이러세요?"

여리다 못해, 떨렸다.

"무, 무슨 말입니까 그게?"

"왜…… 갑자기…… 저를…… 모른 척하세요……."

그는 꿈속에서처럼 방바닥이 기울어지는 것을 느꼈다. 광녀의 얼굴 속에 숨어 있는 소녀를 보았다. 초점은 불분명했지만 눈동자는 맑았고, 그을리고 때가 묻었지만 제법 고운 뺨이었다. 그의 시선은 꾀죄죄한 원피스 자락 밑으로 드러난 새하얀 다리로 옮겨 갔다. 여자가 매무새를 고쳐 앉았다. 색이 흐르는 얼굴과는 대조적이었다. 그 가늘고 매끈한 다리의 의미를 알아보고 그는 실소했다. 여자가 누구인지 비로소 알 것 같아서였다. 검은 얼굴과 음탕한 손, 조신한 태도의 하얀 다리. 여자는 박이명의 프랑켄슈타인 걸이었다. 프랑켄슈타인 걸은 허리를 중심으로 봉합돼 있었다. 하체가 애인, 상체는 창녀.

"나가세요."

그는 단호하게 말했다. 하지만 여자의 하체는 꿈적도 하지

앉았다.

"당장 안 나가?"

말투를 바꾸어 으름장을 놓았지만 여자는 더 고집스러워졌을 뿐이다. 저 눈빛을 어디서 봤더라. 끓는 솥에서 도망치고도 주인이 부르면 돌아간다는 개의 눈빛이 꼭 그럴 것 같았다. 여자는 개보다 더했다. 발길질을 당해도 히히거리며 달려들었다. 끌어내려고 팔을 잡으면 뿌리치기는커녕 와락 껴안았다. 밀면 잡아서 깨물었고, 안아서 쳐들면 파고들어 핥았다. 허벅지에 손이라도 스쳤다간 홀렁홀렁 벗어던질 기세였고, 고추라도 꺼냈다간 뿌리까지 씹어 먹을 판이었다. 차라리 길거리에서 만난 숙녀를 방 안에 끌어들이는 게 쉽지. 그는 여자를 피해 다니며 어떻게 내보낼까 머리를 짜다가 방구석에 주저앉았다. 다가오면 발로 걷어차는 식으로 거리를 유지했다. 그래, 어차피 시간도 많고 할 일도 사라진 인생이다. 방 안에 미친년 하나 추가된다고 달라질 것도 없었다. 저도 사람이면 화장실에는 가겠지, 그때 문을 잠가 버리면 그만이야, 생각하고 있는데 여자가 고개를 반짝 들었다.

"오늘은 놀이 안 해요?"

"응?"

"빨갱이 놀이 말야."

"……."

"빨갱이는 철사 줄로 꽁꽁 묶어야지. 죽어도 풀리지 않게."

여자는 베개를 잡더니 사람 목 조르는 시늉을 했다. 초점이 또렷해지고, 팔에 힘줄이 섰다. 자세만 보자면 사람을 여럿 죽이고도 남을 솜씨였다. 그는 네발로 기다시피 여자에게 다가가 베개를 힘겹게 빼앗았다. 양 손목을 벌려 잡고 그녀의 몸을 가만히 관찰했다. 붙잡힌 손목을 이리저리 비틀며 여자가 그를 걷어차기 시작했다. 그러거나 말거나 그는 여자의 목덜미를 난폭하게 헤쳤다. 여자가 몸을 피하자 원피스의 앞섶을 통째로 찢어 버렸다. 몸부림치는 젊은 몸통을 붙잡고 몸 위에 난 지도를 읽었다. 바나나처럼 여기저기가 물러 있는 살이었다. 늑골에는 희미해지기는 했으나 칼에 베인 흉터가 있었다. 손목과 목덜미에서 처음 발견한 것도 찢어지거나 멍이 들었던 흔적이었다. 씩씩거리는 여자에게 때리는 시늉을 해 보았다. 여자가 비명을 지르더니 바닥에 납작 엎드렸다. 잠시 후에는 몸을 뒤집더니 하얗게 질린 배를 드러냈다. 전기에 감전된 상어가 방바닥 위에서 펄떡대고 있었다. 늑골의 흉터가 터지더니 무지갯빛 피가 흘러나왔다. 상어 머리에서 메두사의 뱀들이 무럭무럭 자라났다. 메두사의 입속에서 온갖 음험한 것들이 쏟아져 나왔다. 마녀의 혓바닥 한 묶음과, 연금술사의 비밀 재료들과, 괴물들의 절단된 팔다리와, 유리알처럼 투명한 눈동자 한 쌍이 제멋대로 기고, 뛰고, 굴러다녔다. 그는 여자의 뺨을 후려갈겼다. 간신히 악마의 플러그에서 뽑혀져 나온 여자의 현실은 그러나 더한 지옥이었다. 여자는 어린 계집아이가 되어 울기 시작했다. 숨이 넘어갈 듯 울면서 아빠를 데려가지 말라고 정체 모를 아저씨들에게 애원했다. 잠시 후 그에게 쌍욕을 퍼부으며 내 남편이 무슨 잘못을 했느냐고 윽박지른 사람은 계집아이의 엄마임에 틀림없었다. 여자는 아빠가 되었다가, 아저씨들이 되었다가, 옆방 여자로 돌아갔다가, 박이명이 되었다가, 박이명의 애인이 되었다가, 누군지 알 수 없는 사람들의 혼령으로 흩어졌다. 민중가요를 부르기도 하고, 난폭한 강간을 당하기도 하고, 누군가를 잔인하게 죽이기도 했다. 여자는 정말 끝도 없이 그러고 있었다. 도대체 얼마나 많은 인물이 저 작은 몸속에 살아 있는 것일까. 저 많은 인물들을 몸속에 넣고서 여자는 얼마나 오래 살아온 것일까. 그는 다시 방구석에 처박혔다. 텔레비전을 시청하는 치매 노인처럼 조용해지고 무표정해졌다. 그러자 그들이 있는 방을 중심으로,

지구의 공전이 멈추었다.

달의 침묵조차 사라졌다.

세 개의 밀랍판

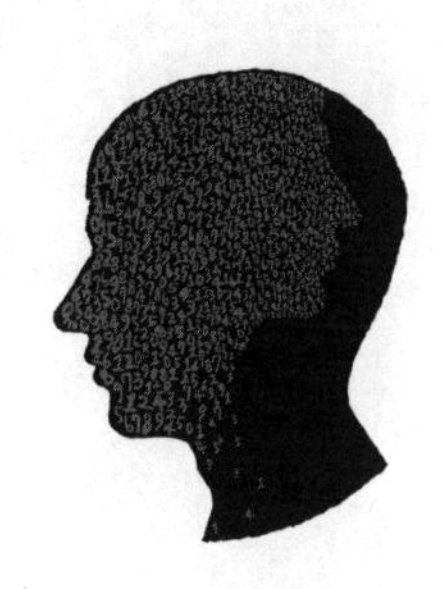

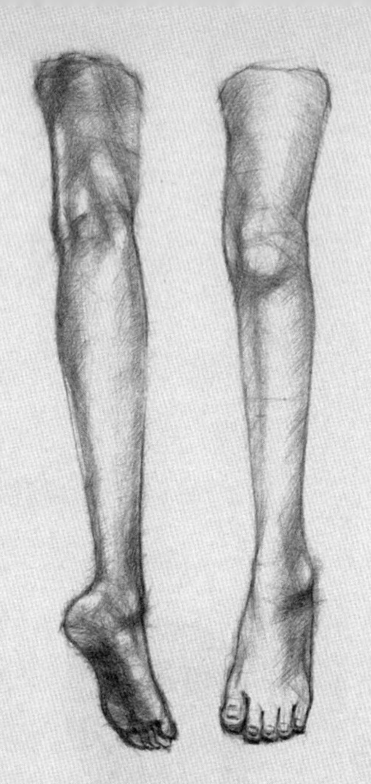

계절은 실종되고 날씨만 남은 날들이었다. 여름이 됐다가, 쌀쌀한 밤이 찾아왔다가, 장마처럼 비가 휩쓸었다가, 그사이 갈팡질팡 꽃들이 피고 졌다. 그 질서 없는 주기에 순응하듯 그는 전화기를 가끔씩 켰다 껐다. 올곧게 솟아 있는 수신 안테나 표시가 살아 있음을 증명하는 유일한 표식인 것 같았다. 가끔씩 스팸 문자가 오는 것을 빼면 연락은 거의 없었다. '자수한 김대현'에게는 아무도 전화하지 않는 거라고 생각했다. 매정한 세상 같으니. 그나저나 놈은 전화기를 왜 정지하지 않는 것일까. 분실했다고 둘러대고 전화번호마저 빼앗아 가야 정상 아닌가? 어느 날 그 의문이 풀렸다. 놈이 전화했다. 자수한 지 일주일쯤이 지나서였다.

"왜 이렇게 전화를 안 받는 거야?"

친한 친구에게 하듯 말투가 가벼웠다.

"왜 입을 다물고 있어. 군번을 봤으면 복명복창을 해야지."

하지만 그는 가볍게 말할 수가 없었다.

"어떻게 전화한 거야?"

"하하, 아직 모르나? 내가 증거 불충분으로 풀려난 거?"

정수리에 매달려 있던 두뇌가 심장 위에 뚝, 떨어져 버린 기분이었다.

"나라고 가만 있을 줄 알아? 네가 디지털 지문을 바꿔치기 한 것 다 알고 있어."

"이게 대체 뭔 소릴까? 그나저나 그 미친년은 잘 있나? 여전히 탱탱하고?"

"난 지금 당장 경찰서에 가서 지문 원본으로 신원 증명을 할 거야. 끝장나고 싶지 않으면 그 전에 나를 찾아서 죽여 보든지. 정말이야. 난 지금 당장 갈 거라고."

놈이 여유 있게 웃었다.

"몇 시간 뒤 내가 전화를 하게 될 거야. 전화기를 꼭 켜 두도록 해."

전화는 끊겼다. 마치 구조선과의 교신이 두절된 것 같다는 느낌을, 그는 받았다. 왜 놈에게 의존하고 있는 듯한 마음이 드는지는 알 수 없었다.

경찰에서 풀려난 이유는 충분히 추측 가능했다. 현행법상 자수의 경우에도 증거 없이는 처벌할 수가 없다. 놈은 자백만 하고 증거에 대해서는 함구했다. 돈을 티슈처럼 뽑아 주며 변호사를 매수했다. 변호사는 놈의 자수 조서와 전혀 다른 얘기를 했을 것이다. 클라이언트의 말에 신빙성이 없다, 충격을 받아 현재 제정신이 아니다 등등. 비밀 병기는 헌법 제12조 제7항이었다. "피고인의 자백이 그에게 불리한 유일한 증거일 때에는 이를 유죄의 증거로 삼거나 이를 이유로 처벌할 수 없다." 강간죄로 고소당했으나 애인이 자신과의 사랑을 전적으로 부정하자 상간(相姦) 사실을 자백해 버린 어떤 재력가의 아내 때문에 그는 이 조항을 기억했다. 그녀는 증거 불충분으로 풀려났다. 반면 남자는 그녀의 자백이 증거로 인정되어 실형을 선고받았다.

이건 부비트랩이야. 놈이 자신을 유인해 죽일 계략이라고 그는 짐작했다. 그만 제거하면 놈은 평생을 안전하게 김대현으로 살 수 있다. 놈에게 아쉬운 게 있다면 지문뿐이었다. 하지만 지문 따위 화상 사고를 위장해서 없애 버리면 그만이다. 영화에 나오는 것처럼 그의 지문 골무를 뜰지도 몰랐고, 거부반응이 전혀 없는 일란성 쌍둥이이니 손가락을 바꿔 달지도 몰랐다. 유능하고 돈 밝히는 의사 한 명과 그의 시체를 유기할 방법만 찾으면 된다. 정신 건강을 핑계 삼아 두문불출하거나, 흉터가 없어질 때까지 외국에 나가 있으면 완벽하게 김대현으로 거듭나는 거다.

죽일 거라면 그에게 선택의 여지를 남길 필요가 없었다. 놈은 사이코패스였다. 섹스하듯 살인을 하는 놈이었다. 남자라서 죽이지 않는다고? 녀석에게 섹스는 살인이지만 그렇다고 모든 살인이 섹스는 아니었다. 심리전일까? 심리전은 불리할 때 쓰는 거였다. 그것 외에는 도저히 다른 승산을 찾을 수 없을 때. 그는 일단 바깥으로 나왔으나 경찰서에 가지는 못했다. 머리와 심장이 엎치락뒤치락 레슬링을 하고 있었다. 레슬링은 지루하게, 시간 제한도 없이 계속되었다. 머리도 심장도 지쳐 널브러졌을 때쯤 놈에게서 전화가 왔다.

"벌써 경찰서에 가셨나? 만약 아직 안 가셨다면 한남동 ○○아파트 ○○동 ○○○호에 가 봐. 뭐, 정 가기 싫으면 경찰서부터 가든지. 크게 후회할 일이 생길 테니까."

그는 놈이 불러 준 주소를 단번에 외워 버렸다. 건망증 따위가 끼어들 틈은 없었다. 여자가 그에게 했던 말들도 토씨 하나 틀리지 않고 기억했다. 내 남편은 눌러야. 그들이 남편한테 살인 면허를 줬어. 그들은 뭐든지 할 수 있어. 어쩌면 지금도 우리를 지켜보고 있을 거야. 하지만 그이 옆에 있으면 안전해. 그이 옆에 있으면 다른 눌러들이 접근하지 못할 테니까. 근데 이제 그이가 없어. 언제 그들이 나를 죽일지 몰라. 넌 눌러 같은 거 아니지? 나 죽이지 않을 거지? 나도 아빠처럼 잡아가거나 하지 않을 거지?

그는 등이 서늘해짐을 느끼며 주위를 둘러보았다. 한낮의 3호선 전철은 한산한 데다 평화로웠다. 위험한 사람이 숨어 있을 곳은 없어 보였다. 그런데도 자꾸만 겁이 났다. 정말 이 모든 일이 권력 집단의 소행일까? 모든 신원 정보의 해킹. 모든 금융자산의 이동. 휴대전화 복제와 위치 추적. 그들은 놈을 훈련시켰을까? 고졸 출신에게 증권 브로커 역할을 교육하기란 쉬운 일이 아닐 것이다. 그들은 이연과 그의 관계까지 알고 있었다. 국가 권력이거나, 그 권력을 입고 있는 집단이라야 가능하다. 등록 안 된 전화번호도 충분히 만들 수 있다. 더구나 군번은 국가에서 부여하는 번호가 아닌가. 누가 상대방의 군번으로 전화번호를 만들 발상을 하겠는가.

그는 국방부 산하 특수부대의 보안 담당병이었다. 생화학탄, 방사능탄, 핵탄두 등등 국제법상 금지돼 있는 무기들을 연구하는 부대였다. 특정 무기를 보유하지 않았다고 해서 만들 능력도 없다는 뜻은 아니었다. 설사 본체(prototype)가 존재한다 해도 대량 생산하지 않으면 공식적으로는 없는 거였다. 수많은 프로젝트가 새로 생겨났다가 사라졌다. 그것들은 중지되었을 뿐 폐기된 게 아니었다. 어쩌면 주임상사가 그에게 집요하게 군번을 주입시킨 것은 상부의 명령이 아니었을까. 강 사장을 통해 영감들을 알게 된 것도 우연이 아니지 않았을까. 그들은 비밀리에 공동의 사업을 하고 있었다. 그는 그들이 어떤 공동 사업을 하는지는 몰랐지만 그게 비밀 프로젝트임은 알고 있었다. 그러고 보니 이연도 강 사장을 통해서 만났다. 이연은 그를 감시하기 위해 파견된 요원이 아니었을까. 국가로부터 이용만 당하다가 토사구팽당한 게 아닐까.

웃기고 있네.

정말 웃기고 있어.

살인 면허? 눌러? 비밀 조직? 누군가의 명령으로 살인한다는 믿음은 연쇄살인범의 전형적인 망상이었다. 자신이 국가 권력이나 신의 의지를 대행하고 있다는 악마들의 궤변. 놈은 정신병자일 뿐이었다. 정신병에 의존해서 하루하루 살아가는 패배자. 네가 단지 강자들의 허수아비는 아니라고 믿고 싶지? 진짜 착각은 너희들의 그 노예근성에서 나오는 거야. 너희들의 그 뿌리 깊은 의존성. 지시하고 허락하는 가상의 존재를 만들어 두지 않고는 어떤 것도 스스로 할 수 없는 태생적인 나약함 말이야.

놈이 어쭙잖은 살인마임을 증명하기 위해서라도 아파트에

가야겠다고 결심했다. 그는 자신이 망상에 의존하지 않고도 놈과의 게임에서 이길 수 있다고 확신했다. 그게 놈과 자신의 본질적인 차이라고 믿어 의심치 않았다.

*

놈이 말한 아파트는 초인종에 반응하지 않았다. 그는 혹시나 싶어 군번을 비밀번호로 눌러 보았다. 어떻게 군번 누를 생각이 났는지는 알 수 없었다. 삐리릭. 디지털 도어가 말 잘 듣는 하인처럼 순순히 문을 열었다. 집 안에 들어가자마자 이연의 집에 마지막으로 들어갔을 때의 장면이 오버랩되었으나, 올가미에 목이 졸린 피투성이 시체 같은 것은 없었다.

공중에 매달린 다리가 있을 뿐이었다.

갈고리에 걸려 있는 한 쌍의 다리는 스타킹을 신고 있었다. 인간의 것이라기에는 비현실적인 각선미였다. 그럼 그렇지, 스타킹 장사들이 사용하는 다리 마네킹이지. 그런데 저 플라스틱 덩어리를 어떻게 갈고리에 매달았을까. 그는 심상한 표정으로 마네킹을 향해 다가갔다. 단면이 엷은 핑크빛이었다. 손가락을 살짝 대 보니 몰캉몰캉했다. 너덜너덜해진 피부와, 그것에 들러붙은 지방층, 불규칙하게 말려들어 간 근육과 그것에 단단하게 감싸인 뼈까지 정밀하게 재현돼 있었다. 설마. 진짜라면 이것보다 말랑말랑하지. 이건 라텍스로 만든 모형일 뿐이야. 진짜라면 피가 한 방울도 없을 수는 없는 거잖아, 생각하고 나서야 그는 코를 킁킁거리며 미간을 좁혔다.

갓 잡은 해산물 냄새가 났다.

세상에 인어가 있다면 꼭 그런 냄새를 풍길 것 같았다. 미처 의식하지 못했지만, 아파트 안에는 냄새가 꽉 차 있었다. 그가 무의식적으로 냄새가 난다는 사실을 부정했을 뿐이었다. 다리는 죽어서도 살아 있었다. 공산품처럼 깔끔하게 걸려 있는데도 죽은 여자의 공포와 안간힘이 고스란히 남아 있었다. 그는 강한 요의를 느껴 화장실을 찾아들어 갔다. 오줌을 누다가 바지를 적시고 말았다. 화장실 욕조에 여자의 상반신이 담겨 있었다. 여자는 눈을 부릅뜬 채 죽어 있었다. 다리와 달리 상반신은 흉측하게 난자당해 있었다. 시체는 요리를 하려고 씻어 놓은 닭고기마냥 핏기가 가셔 있었다. 피비린내가 거세된 싱싱한 냄새의 비결. 멀쩡하게 살아 있을 때 다리를 잘라 피를 깨끗하게 빼낸 게 틀림없었다. 타일 바닥에는 주방장의 특제 소스가 종류별로 마련돼 있었다. 강한 부식성을 가진 화공 약품들이었다. 아무런 설명도 없었지만 그것의 의미는 선명했다.

정 가기 싫으면 경찰서부터 가든지.

놈은 맘껏, 그야말로 맘껏 여자를 능욕했다. 증거를 숨기기는커녕, 여자의 몸속 깊이 유전자 정보를 심어 놓았다. 물론 공식적으로 그 유전자 정보의 주인은 '김대현'이었다. 그가 사체를 처리하지 않고 경찰서에 간다면, 놈은 디지털 지문을 원래대로 돌려 놓기만 하면 된다. '김대현'은 이번에는 빠져나갈 수 없는 증거를 남긴 채 경찰에 두 번째로 자수하는 셈이다. '김대현'은 '박이명'의 존재를 밝힐 수는 있어도, '박이명'의 범죄를 증명할 수는 없을 것이다.

이거였구나.

지난번처럼 단순히 작품 감상을 바라는 게 아니었다. 스승이 제자를 훈육하듯, 놈은 그에게 초식(招式)의 습득을 요구하고 있었다. 연쇄살인범에게는 증거를 없애는 과정도 작품의 일부다. 놈은 미완성 작품의 결말을 그에게 맡긴 거였다. 분업

이자, 공범이자, 무엇보다 형제애의 강요였다. 하다 보면 알게 될 거야, 넌 나와 같은 피라는 걸. 놈은, 예의 그 경쾌한 어투로, 그에게 말하고 있었다.

그는 우선 몸을 가릴 물건들을 찾았다. 범죄와 관련된 책들을 읽어 둔 게 하필 이럴 때 긴요했다. 옷장을 들들 뒤져 우비를 꺼내 입었다. 비닐은 수분이 없어 산에 잘 반응하지 않는 특성이 있었다. 고무장갑을 끼고, 랩으로 얼굴을 두른 다음 마스크를 착용하고, 헬멧을 썼다. 테이프를 둘러 곳곳을 꼼꼼하게 막았다. 다리 두 짝을 갈고리에서 천천히 빼냈다. 차가운 단백질의 감촉이 뼛속까지 스며들었다. 다리를 잘 감싸 들고 벽이나 문 따위에 부딪히지 않게 극도로 주의하며 화장실 안으로 날랐다. 욕조에 굴려 넣고 비닐을 제거했다. 기름통 두 개분의 화학약품을 욕조 속에 조심스럽게 쏟아붓기 시작했다. 처음에는 조용하다 싶더니 서서히 반응이 시작되었다. 하얗게 동요하는 용액 속으로 악마의 그림자처럼 피가 번지는 것을 그는 보았다. 그러나 맹렬한 거품은 핏빛마저도 소화해 버렸다. 지옥의 냄새가 났다. 시체는 익어 가며 녹고 있었다. 녹아 없어지며, 부패의 전 과정을 함축하고 있었다. 여자의 육신은 가열차게 기화하며, 세상의 온갖 더러운 냄새들로 되살아나고 있었다. 두 통째를 다 부어 넣었을 때쯤에는 용제가 튀기 시작했다. 욕조 주변의 금속제들이 용제 파편에 맞아 부식되는 소리가 들렸다. 그는 서둘러 욕실에서 빠져나왔다.

그는 베란다로 나가 문을 닫았다. 신선한 공기가 폐에 들어갈 때마다 날카로운 통증을 느꼈다. 한동안 심호흡을 하다가 튄 용액이 몸에 묻지 않게 조심하며 옷을 벗었다. 그런 다음 오피스텔의 구석구석을 꼼꼼히 청소했다. 체액은커녕 살비듬 하나 남아서는 안 되었다. 땀 한 방울, 비듬 한 점 떨어지지 않게 극도의 정성을 기울였다.

욕실 맞은편 방 안에는 여자의 사진 액자들이 많이 걸려 있었다. 사진 찍는 걸 좋아할 만한 외모였다. 앳된 여자아이. 아무리 많아 봐야 스물다섯을 넘기지 않았을 것 같았다. 캠퍼스, 외국 여행, 놀이공원 사진이 제일 많았다. 단체 사진도 많았으나 남자 친구와 찍은 사진은 없었다. 눈이 높았던 모양이다. 액자 하나하나를 닦아 나가다가 그는 문득 궁금해졌다. 놈은 이 여자애를 왜 표적으로 선택했을까. 왜 이렇게 화사한 이미지의 여자애를 골랐을까. 그는 이연과 여자애를 비교해 보았으나 다리가 예쁘다는 것 빼고는 이렇다 할 공통점을 찾을 수 없었다.

청소가 끝난 후에도 화장실 안은 안개의 무덤이었다. 저 기체 속에 영혼이라는 것도 한 줌쯤은 섞여 있을까. 그런 게 있다면 여자애의 영혼은 지금 이 광경을 내려다보며 어떤 생각을 하고 있을까. 금속제의 배수구가 부식되어 욕조의 용액은 이미 다 빠져나갔다. 그의 예상과 달리 시체는 완전히 사라지지 않았다. 남아 있는 것들은 시체라고 부를 수 없는 어떤 것들이었다. 녹다 만 뼛조각들을 빼면 정체도 형체도 불분명했다. 액체도 고체도 아닌, 흐물흐물한 모습이었는데, 고무장갑을 끼고 잡아당겨 보니 꽤 질겼다. 목젖 같았다. 수많은 목젖들을 한데 녹여 액체 고무처럼 뼈 위에 대충 발라 놓은 듯한 느낌이었다. 그는 강산에도 녹지 않고 끝까지 살아남은 그것들이 여자의 영혼 같다고 생각했다. 여자의 영혼은 존재한다고도, 존재하지 않는다고도 말할 수 없었다. 여자의 멸균 처리된 영혼에서는 유기물임을 증명할 수 있는 어떤 냄새도 나지 않았다.

더 이상 없앨 필요가 없었다.

그는 결과물을 보고 나서야 깨달았다. 약품으로는 사람의 몸을 완전히 없앨 수 없다. 증거도 마찬가지다. 루미놀을 뿌리면 만분의 일로 희석된 혈흔도 찾아낼 수 있다. 여기저기 부식된 금속제들은 보나마나 강산제 사용의 결과다. 집 안 곳곳에 배어든 냄새와 쉽게 줄어들지 않을 수소 농도도 검사 대상이었다. 게다가 이곳은 여자 본인의 집이었다. 무슨 짓을 해도 여자가 죽었다는 사실은 숨기지 못한다. 놈이 원한 것은 살인의 은폐가 아니었다. 유전자 정보만 없애라는 것이었다. 친절하게 여자의 상체를 욕조에 넣어 둔 이유였다. 여자의 다리, 놈의 두 번째 작품을 훼손한 것은 그의 실수였다.

그는 마지막으로 욕실을 깨끗이 청소하고, 자신의 몸에 닿았던 물건들만을 챙겨 오피스텔을 나왔다. 발로 수건을 놀려 혹시 남았을지 모르는 복도의 족적을 제거하고 감시 카메라를 파괴한 다음에야 건물에서 벗어날 수 있었다. 길거리로 나온 지 얼마 되지 않아 전화가 왔다.

"어때, 일은 할 만했어?"

그는 목을 가다듬은 다음 놈에게 말했다.

"계속 이렇게 나를 이용해 먹을 생각은 하지 마. 난 이제 정말 경찰서에 갈 거니까. 한 시간 안에 사람을 또 죽일 수 있다면 한번 해 보든지."

놈이 피식 웃었다.

"갑자기 심각하게 왜 이래. 걱정하지 마. 김대현의 알리바이는 내가 다 만들어 놨어."

"……."

"혹시 살인 공소시효가 15년인 건 알고 있어? 미국에서는 일급 살인이면 공소시효가 없다는데, 우리나라는 참 살기 좋은 곳인 것 같아."

"……."

"미리 죽여 놓은 시체가 하나 있어. 흉기도 같이 묻었는데 네 지문이 아주 잔뜩 묻어 있어. 네가 경찰서에 가면 그 시체가 어떻게 될까? 계속 발견되지 않은 채 남아 있을까?"

"이런 씨발 개새끼……."

전화는 이번에도 예고 없이 끊겼다. 뚜, 뚜, 뚜.

Patch – Work

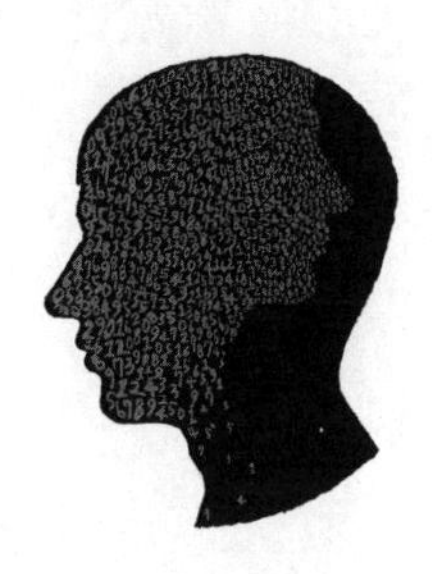

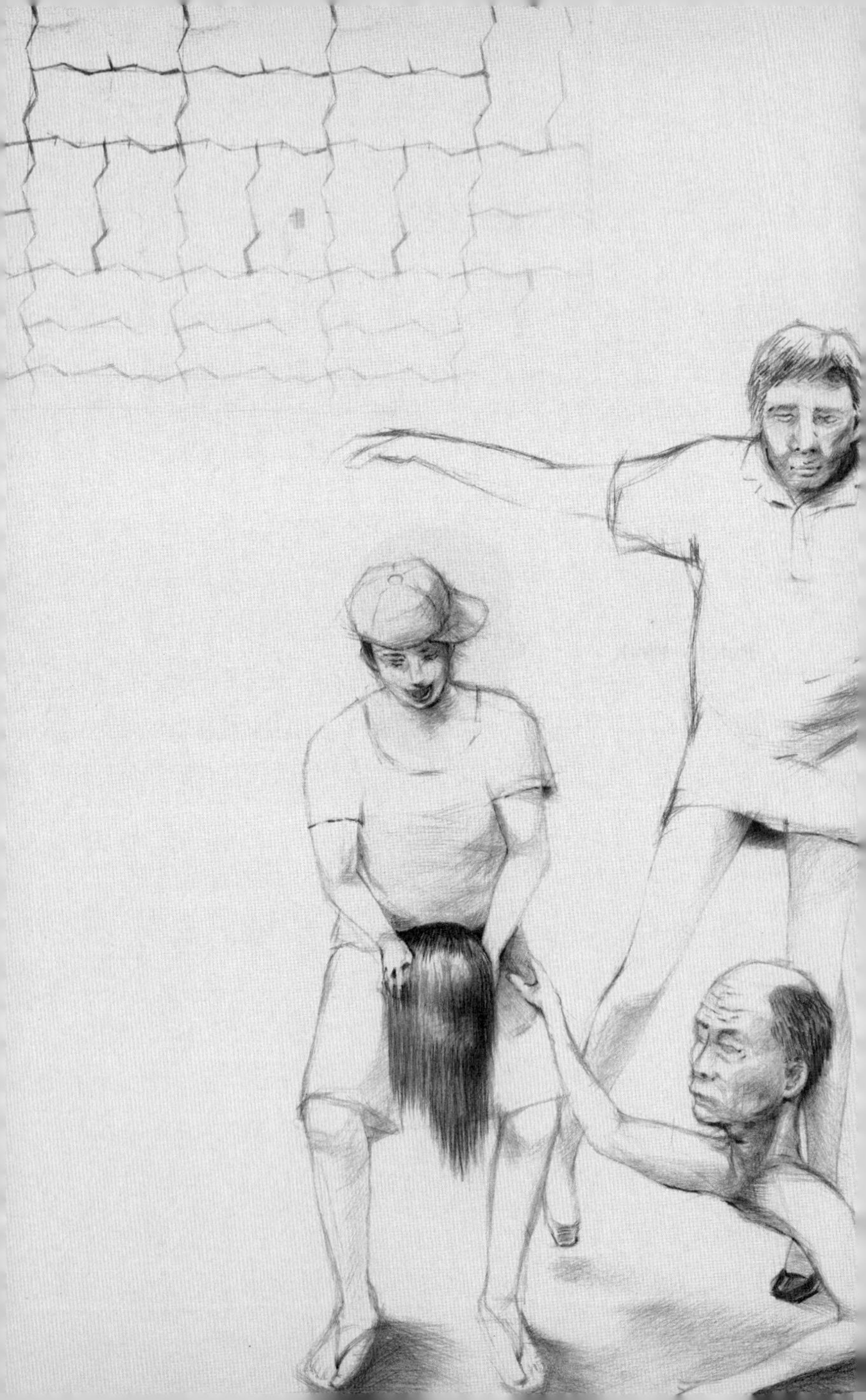

다리들이 떠다녔다. 팔들이, 몸통들이, 머리들이 떠다녔다. 그것들을 바라보고 매만지는 그의 몸도 조각조각 떠다녔다. 그는 밤새 절단된 몸통들에 시달렸다. 절단된 몸통들은 각자 살아 있었으나 주인이 없었다. 주인 없는 몸통들은 서로가 서로를 훔쳤다. 그의 머리는 여기 붙었다 저기 붙었다 했다. 모자처럼 아무렇게나 던져지기도 했고, 축구공처럼 이리저리 걷어차이기도 했다. 다리로 물구나무선 머리 없는 몸통이 있었다. 팔로 걷고 있는 몸통 없는 머리가 있었다.

몸통들을 되찾고 나자 놈이 나타났다. 놈이 자꾸만 그와 팔다리를 바꾸었다. 빼앗기고 되찾아 오기를 반복하다 보니 야바위 게임이었다. 그는 원래의 것을 분간할 수 없었다. 머리통이 옮겨 다니는 속도를 따라잡을 수 없었다. 뒤늦게 쫓아다니다가 머리조차 잃어버렸다. 그는 한 줌의 증기가 되어 허공으로 떠올랐고, 놈은 남아도는 머리통으로 드리블하며 다른 손을 흔들었다.

잠에서 깨고 나서도 그는 눈을 감고 있었다. 아주 조금씩만 움직여 온몸이 제대로 붙어 있는지 확인했다. 한 번 깨면 밤새 생각이 이어졌다. 놈은 계속 죽일 것이고, 그는 계속 치워야 할 것이다. 명령을 어기는 순간 놈은 그를 살인자로 만들 거였다.

그는 컴퓨터로 거북에게 상담을 요청했다. 거북과 대화하는 건 바보짓이었지만, 채팅은 얘기가 달랐다. 거북의 글은 유창한 데다 논리적이었다. 말하는 거북과 키보드를 두드리는 거북은 다른 존재였다. 이를테면 걷는 거북과 헤엄치는 거북의 차이랄까.

—경찰에 박이명의 존재를 알릴까? 그럼 적어도 나 혼자 독박 쓰진 않을 거 아냐.

—그럼 걔는 죄다 떠넘기겠지. 대역도, 자수도, 시체 청소도 모두 네가 시킨 거라고 주장할걸?

—시체 청소는 내가 하고 있다니까.

—알 게 뭐야. 경찰이 고졸 실업자와 미국 명문대 출신 중에 누가 똑똑하다고 생각할까?

거북은 철저하게 경찰의 입장에서 논리를 폈다. 그 편이 그에게는 훨씬 더 도움이 되었다.

—박이명은 패턴에서 벗어나도 너무 벗어나 있어. 책 좀 찾아봤다니까 알 것 아냐. 계급이 낮은 사이코패스는 사회적 약자를 노려. 권력자나 유명인을 건드리면 잡힐 확률이 커지니까. 근데 놈은 여가수를 죽였잖아. 이번에 죽인 여자는 모델이었어. 단순히 성적인 만족이 목적이라면 그런 위험한 짓을 할 필요가 없잖아.

—그럼 넌 비밀 조직을 믿는단 말야?

—논리와 숫자를 믿지. 특정 숫자로 전화번호 개설, 추적까지 피하려면 거금이 들어. 해킹에 필요한 장비와 서버, 신분증 및 카드 위조, 휴대전화 복제와 위치 추적은 또 어떻고? 백그라운드가 있는 것 같지 않아?

역시 거북은 핵심을 꿰고 있었다.

—맞았어. 그러니까, 전화기에 찍힌 군번, '넘버'의 입금 내역. 그걸 경찰에 제시하면…….

—그래서 어쩔 건데?

—배후가 있다는 증거를 대야지.

거북은 강아지가 고개를 절레절레 흔드는 이모티콘을 보내왔다.

—배후가 있다 치자.

—응.

—걔네가 아무 대책도 없이 전화번호와 통장 내역을 너한테 노출했겠어?

—대책이…… 있겠지.

—백그라운드를 못 찾았다 치자. 박이명의 단독 범행인데 월에 100 버는 애가 이런 일을 꾸밀 수 있겠어?

—논리적으로 봤을 때 없지.

—그럼 넌 스스로 박이명이 범인이기 어렵다는 정황상 증거를 제시하는 꼴이 되지.

—하지만 돈은 박이명의 통장으로 들어갔잖아.

—네가 경찰을 교란하려고 넣은 걸 수도 있지. 전화번호도 자작이고. 경찰은 오히려 너한테 배후가 있다고 판단할걸? 그게 뭔지 네가 직접 증명하지 않는 한 말이야. 그게 뭔지 알아?

—전혀 모르지.

—거봐. 네가 할 수 있는 건 아무것도 없어.

거북의 지적은 잔인할 정도로 명쾌했다. 그는 깜깜한 갱도에 갇혀 있는 듯한 느낌이 들었다. 급기야 갱도에는 산소마저 떨어져 가고 있었다.

—대체 누굴까? 나 때문에 금전적으로 손해를 본 사람일까?

—어렵사리 쌍둥이 형제를 찾아내고 엄청난 거금 들여 네 인생 망칠 만큼 손해를 본 사람이 있다면 그 사람이 그런 거

겠지.

—꼰대와 영감들일까? 그들은 비밀 프로젝트를 하고 있어.

—넌 클리닝만 하는 거 아냐? 프로젝트 내용을 알아?

—당연히 모르지.

—그런데 그들이 뭐하러?

—비밀 프로젝트의 존재를 안다는 사실만으로도 제거 대상일 수 있지.

이번에는 강아지들이 떼로 나왔다.

—그럼 단번에 죽이면 되지 왜 살인자로 몰지? 궁지에 몰린 개는 짖어 대게 마련인데?

—논리적으로는 그렇지.

—이것 봐. 이건 논리가 아니라 팩트야. 그들은 대략 100억 정도의 자산가들이야. 그 정도 있으면 아무 걱정 없을 것 같아? 자산 100억은 인간이 가장 두려워하는 높이 11미터와 같아. 11미터는 낙하산을 쓸 수 있는 최소 높이이기도 하지. 2, 3미터는 훌쩍 뛰어내리면 그만이지만, 11미터에서 추락했다가는 반드시 죽거나 병신이 돼. 그런 사람들이 연쇄살인극까지 벌여서 너 같은 잔챙이한테 작업을 해? 그 정도 되는 사람들이면 단순하고 안전한 방법도 얼마든지 알 텐데?

대체 누가 증권 브로커인지 알 수가 없었다. 100억은커녕 몇 만원 밖에 없는 자신이 왜 안전하지 않은지도 그로서는 모를 일이었다. 산소가 희박한 갱도에 물이 차오르고 있는 형국이었다. 코가 막 물에 입수하기 직전에야 그에게는 돈이 생겼다. 1000원이라도 남았을까 싶어 은행에 갔다가 그는 그 사실을 알게 되었다. 최근 날짜로 현금 150만 원이 입금되어 있었다. 몇 달 동안 뜸했던 '넘버' 주식회사에서 입금된 돈이었다.

대체 배후가 있는 거냐, 없는 거냐?

거북의 말은 배후가 있다는 것도 같고, 없다는 것도 같았다. 논리적으로 배후가 없을 리 없지만, 정황상 그게 강 사장이나 영감들은 아니라는 말 같기도 했다. 어쨌거나 박이명의 뒤를 봐주는 세력이 있다면, 입금된 150만 원은 살인의 보수일 터였다. 살인과 시체 청소의 대가가 최저임금 수준이라니. 더구나 그중 절반은 이연의 목숨 값이나 마찬가지였다.

뒤에 선 아줌마가, 안 끝났어요?, 하며 골똘히 생각에 빠져 있는 그를 재촉했다. 그는 차례를 넘기려다가 다시 돌아서서 현금인출기에 통장을 집어넣었다.

월세와 공과금을 해결하고 나니 80만 원이 남았다. 생존에 필요한 60만 원을 남기고 20만 원을 인출했다. 20만 원은 고작 50만 원에 전 애인의 죽음을 팔아먹었다는 죄책감을 씻기 위한 십일조였다.

옆방 여자를 동네 보세 옷집에 데려가 5만 원짜리 원피스를 사 주었다. 분홍색 원피스와 때 낀 운동화가 영 어울리지 않았다. 동네 구두 가게에서 역시 5만 원짜리 구두를 사 신기고 나니 수세미 같은 머리가 도드라졌다. 동네 미용실에서 3만 원을 주고 머리를 해 주었다. 이번에는 얼굴이 이상했다. 2만 원에 주인과 겨우 타협해 메이크업까지 하고 나자 말이 좀 되었다. 딱 15만 원어치의 미모를 갖춘 여자를 끌고 동네 정육식당에 갔다. 사람 고기로 번 돈으로 돼지고기를 사 구우며 싸구려 동정을 베풀었다. 다 익지도 않은 동정을 허겁지겁 먹으며 여자는 진심으로 행복해했다. 오빠랑 이런 데 오니까 좋다. 밖에서 숯불 피우니까 예쁘다. 제정신인 여자들이나 하는 말을 서슴없이 내뱉었다. 예쁜 차림을 하고, 예쁜 말만 골라서 하는 여자를 힐끗거리는 사람은 없었다.

처음으로 환하게 웃는 여자를 보며 그는 표정이 어두워졌다. 이연이 자주 웃는 여자였음을 그는 기억했다. 그의 앞에서도, 사람들 앞에서도, 그녀는 언제나 활짝 웃었다. 자신의 감정이 어떤가보다 타인이 자신을 어떻게 기억하는가가 더 중요한 사람이었다. 그래서 그녀가 처음 토라진 표정을 내비쳤을 때 그는 기뻐했을 것이다. 그녀가 서운해할 때도, 화를 낼 때에도 내심 그랬을 것이다. 그녀가 그의 사랑을 의심하는 순간에야 그는 그녀의 사랑을 확신했던 것 같았다. 섹스를 할 때에도 그녀는 카메라의 앵글과 틸트를 고려해서 움직이는 사람 같았다. 완벽하고 아름다운 자세에는 진정한 교감이 없었다. 그는 그녀가 성적 흥분을 과장할 때보다, 무덤덤한 표정으로 그를 받아들일 때 더 흥분했다. 그와 그녀는 갈등으로 소통하고, 엇갈림 속에서 서로를 가졌던 셈이다. 생의 마지막 순간에도 그녀는 그를 오해한 채로 죽어 갔다.

되돌릴 수 없는 건 죽음만이 아니었다.

기억도 되돌릴 수 없기는 마찬가지였다. 그는 이미 그녀를 머릿속에서 지웠다. 그녀와 관련된 것이라면 아무리 사소한 것이라도 더 이상 기억나지 않았다. 그가 아는 것은 기억하려고 노력할 필요조차 없는 현재뿐이었다. 그는 열없는 눈빛으로 주위를 둘러보며 담배를 태웠다. 야밤의 정육 식당은 싸구려 대화들과 함께 무르익고 있었다. 왕년에 누가 더 죽이는 냄비를 따먹었는지 설전하는 슬리퍼 신은 수캐들과, 말이 좆나 안 통한다는 그 개새끼 욕에 빈 소주병만 늘리고 있는 트레이닝복 차림의 냄비들과, 쪼리, 킬힐, 워커, 캠퍼스화가 골고루 모여 한마음으로 벌주 게임하는 동네 고졸 영계들의 얼굴처럼 익어 가고 있었다. 때가 잔뜩 낀 환풍기가 고속으로 돌아가고 있었다. 반 꺾어 마신 소주를 천천히 내려놓는 노인의 손등에 푸른 피가 돌고 있었다. 카운터에 짝다리 짚고 기대서서 옆방 여자와 교대로 히히거리는 아줌마의 입술은 제법 생기 있었다. 막 피워올린 활성탄 불꽃들의 튀는 소리와 빛에 꼬인 날벌레들이 주인아저씨의 전기 모기채에 걸려 죽는 소리가 경쾌했다. 잘 먹지도 못하는 소주를 한 병 넘어 비워 가며 그는 점점 더 우울해졌다. 초라하고 하찮은 꼽등이 나라의 누구도 우울해 보이지 않아서였다. 그들은 싸우는 듯 어루만지고, 욕하는 듯 사랑하고, 비루한 듯 깔깔거리고 있었다. 그는 그들보다 자신이 더 비참하다고 생각하지 않았다. 언젠가 원래의 자리로 돌아갈 기회가 있는 만큼, 상상으로라도 그들과 바꾸고 싶은 게 없었다. 다만 그들과 함께 있어서 불행했다. 지금 이 순간 그들 중의 한 명이 되어 있다는 사실이 이연의 죽음보다도, 자신 앞에 닥친 상황보다도 견디기 힘들었다. 나는 너희 같은 단백질 덩어리들과 달라. 너희처럼 부자들의 먹잇감으로 의미 없이 살다가 죽을 사람이 아니야. 그는 비틀거리다 못해 쓰러지고 있는 자신의 내장들을 향해 외쳤다. 깜짝 놀란 내장들이 서로를 부축해 일어서며 전열을 가다듬었다. 용맹스러움을 되찾은 군대를 이끌고 그는 다시금 술의 전장 속으로 뛰어들었다. 취할수록 날이 서는 환각의 칼을 한 치의 망설임도 없이 휘둘렀다. 꼽등이 괴물들의 팔과 다리와 머리가 이곳저곳으로 정신없이 흩어졌다. 꿈틀거리는 그것들을 기꺼운 마음으로 주워 그는 아무렇게나 끼워 맞추기 시작했다. 마치 원래부터 한 몸이었다는 듯 그것들은 맞춰질 때마다 철컥철컥, 기분 좋은 소리를 냈다. 왕년에 소도 때려잡았다는 슬리퍼 수캐의 상반신과 웃을 때마다 조심성 없게 벌어지던 영계의 하체가 만났다. 트레이닝복 냄비의 건 입을 쪼리신은 남자애의 사타구니에 물려 주었다. 힘없이 늙어 가는 노인에게 아줌마의 튼튼한 팔뚝을 기증했다. 절단된 몸들이 합쳐질 때마다 새로운 생명체들이 탄생했다. 엉뚱한 결합에도 불구하고 어떤 것들은 그럴듯했고, 무난한 조합임에도 어떤 것들은 영 이상했지만, 어쨌거나 하나같이 유쾌했다. 유쾌한 괴물들에게 건배를 청하며 그는 미친 듯이 웃어 댔다. 유일하게 정상적인 미친놈이 되어 요란하게 술을 마셨다. 괴물들의 질타를 받으며 정육 식당에서 쫓겨난 후에도 쉼 없는 웃음으로 병나발을 불었다.

이미 너덜거리던 필름은 맥주 한 모금에 속절없이 끊겨 버렸다. 집까지 가는 길의 길고 긴 시간은 햇빛 한 조각 닿지 않는 심해로 가라앉았다. 현재의 풍경이 미래의 어둠 속으로 사라지자 삭제된 과거의 기억이 눈앞에 선명하게 나타났다. 그는 어둠 속에서 흠결 하나 없이 생생하게 살아 있는 이연의 얼굴을 보았다. 노란 물감으로 뚝뚝 떨어지는 달빛을 받아 빰의 솜털 하나하나까지 섬세했다. 그는 세상에서 가장 행복한 표정의 남자가 되어 이연에게 키스했다. 아무런 의심도 오해도 없이 키스를 나누기는 처음인 것 같았다. 하지만 원피스의 앞섶을 조심스럽게 헤쳐 손에 넣은 가슴은 트레이닝복을 입은 냄비의 것이었다. 어느새 킬힐을 신은 영계의 억센 허벅지가 배 위에 올라와 있었다. 그는 영계를 밀쳐 내려 했으나 노인의 팔은 여자의 무게조차 감당하지 못했다. 수캐의 억센 팔이 그의 여린 어깨를 짓누르고 있었다. 아줌마의 붉은 입술이 오징어 촉수처럼 그의 성기를 빨아들이고 있었다. 흔들리는 검은 몸속에서 활성탄 하나가 무섭게 타오르며 그의 내장을 게걸스럽게 집어삼키고 있었다.

*

길 따라 벽이 난 게 아니라, 벽 좇아 길이 난 곳. 봉긋한 젖가슴 하나를 닮은 산동네. 길을 잃었을 때는 무조건 내리막길을 택해 걸으면 큰길을 찾을 수 있었다. 큰길에서 찔러 들어오는 모든 골목들의 귀결점이 같은 곳. 그곳에 자리 잡고 있는 공원 하나. 오후가 되면 공원에 머무르는 사람이 점점 많아졌다. 얼마나 많은 사람들이 이 작은 동네에 살고 있는 것인지. 공원에는 항상 새로운 사람이 나타났으나 새로운 얼굴은 없었다. 그 잎에 그 벌레, 그 호수에 그 물고기.

한 칸짜리 주차장들은 제멋대로 자유 규격이었고, 차들은 하나같이 주차장 크기에 맞춰 제작한 것들이었다. 경차에는 딱 경차에 맞는 파킹랏이 있었고, 트럭에는 딱 트럭에 맞는 파킹랏이 있었다. 세계적인 주차 달인과 골목길 레이서들의 집주촌이었다. 아저씨건 아줌마건 전후좌우로 몇 센티미터밖에 남지 않을 공간에 차를 잘도 집어넣었고, 젊은 애들은 아슬아슬한 골목길을 후진으로도 잘만 다녔다. 골목 안 슈퍼마켓들은 어떻게 유지되는 건지 볼 때마다 신기할 따름이었다. 손님은 띄엄띄엄 있었고 가게 앞 평상에는 할머니 한 명이 하루 종일 부채질을 하며 앉아 있었다. 동네에서 지낸 지 몇 주가 지나서야 그는 평상에 앉아 있는 할머니가 다 똑같은 할머니가 아님을, 신비로운 슈퍼마켓이 하나가 아님을 깨달았다. 텔레비전 소리인지 육성인지, 수다판인지 싸움판인지, 나가요 걸인지 혼자 사는 여대생인지 처음에는 구분이 가지 않았다. 왜 야식집 배달부가 들어가서 한참 동안 안 나오는 집이 있는지, 왜 야하게 차려입은 여자들이 허름한 보세 옷집에 명품 가방을 내려놓고 나오는지, 왜 전화기에 대고 집을 정확히 못 찾겠다고 불평하는 넥타이들이 많은 건지, 왜 은행 거래가 없는 옆방 여자 같은 사람들이 굶어 죽지 않는 건지 그는 처음에는 이해하지 못했다. 미로처럼 얽힌 골목 안에서 사람들을 먹여 살리고 있는 것은 현금이었다. 한 번 미로 안으로 들어온 현금은 거미줄에 걸린 파리처럼 쉽게 바깥으로 빠져나가지 못했다. 동네에 현금을 갖고 들어오는 사람들은 아무래도 젊은 여자애들이었다. 그리고 그 돈을 동네에서 가지고 나가는 것은 국가거나, 아니면 가끔씩 나타나는 사내들이었다.

밖에 나가면 안 돼.

어째서?

그 사람들이야. 그 사람들이 당신을 찾고 있어.

그 사람들이라니?

말했잖아. 눌러들 말이야. 그들이 당신도 나도 죽일 거야.

옆방 여자는 그를 붙잡은 팔에 힘을 주며 말했다. 그가 보기에 그들은 사채업자이거나 포주의 똘마니였다. 그들은 두서너 명이 함께 걸어서 나타났다. 고급 승용차를 타고 나타나는 사람들은 달랐다. 기사나 비서가 수행할 때도 있었지만 보통은 혼자였다. 월세를 독촉하는 집주인이거나, 꺾기로 벌어먹는 법무사이거나, 일수쟁이의 전주(錢主) 따위임에 틀림없었다. 옆방 여자는 그들에게 돈을 주지 않으면 그이에게 전화가 오고, 전화가 오면 동네 사람 중의 누군가는 반드시 죽게 된다고 말했다.

죽일 거면 돈 안 갚은 놈을 죽여야지 왜 아무나 죽여?

그건, 상관, 없어, 누가 죽건, 누군가 죽기만 하면, 다들 벌벌 떨면서, 돈을 갚게 되니까.

유유히 동네를 빠져나가는 그들을 옆방 여자는 먼발치에서 뒤쫓았다. 그들이 시야에서 완전히 사라지고 나서야 삿대질하며 욕설과 훈계를 퍼부었다. 목소리가 갈라질 정도로 한바탕 쏟아붓고 나서야 방으로 돌아왔다. 자신의 방으로 가지 않고 그의 방으로 들어왔다. 자다 깨다를 반복하며 옆에 바짝 붙어 있었다. 갑자기 헛소리를 하거나 눈을 뜨고 벌벌 떠는 모습을 볼 때마다 그는 그녀를 죽여 버리고 싶었다.

그년은 여전히 탱탱하고?

핏줄에 걸레 빤 물이 흐르는 기분이었다. 사타구니의 가려움증이 사라지자 성병이나 에이즈 따위에 걸렸을지 모른다는 공포가 다가왔다. 그럴 때마다 그는 그녀를 죽이고 싶었다. 만약 그녀가 박이명에게 소중한 여자였다면 벌써 죽였을지도 몰랐다. 안타깝게도 박이명은 여자가 죽건 말건 빰의 솜털 하나 떨지 않을 인물이었다. 박수를 치며 호들갑을 떨지도 몰랐다. 잘했어, 아주 잘했어, 역시 너는 나와 같은 유전자였어.

그는 자리에서 벌떡 일어섰다. 아르마니 와이셔츠와 양복을 꼼꼼히 다리기 시작했다. 구두를 닦고, 면도를 하고, 머리를 잘 정리한 다음 집을 나섰다. 마치 예전의 '김대현'처럼 강남의 증권 거리를 걸었다. 한 달 만에 찾은 증권 거리는 전혀 다른 곳이 돼 있었다. 사실은 거리가 아니라 사람들의 시선이 변해 있었다. 예전에는 여자 남자 할 것 없이 그를 경외의 눈빛으로 바라보았다. 직업과 연봉을 알아서가 아니라 눈빛과 동작에서 자신감과 노련함을 발견하는 탓이었다. 무언으로 전해지는 그 무엇이야말로 진짜 신용이자 힘이었다. 그게 없는 한, 옷이나 외모 따위는 아무런 소용도 없었다. 그야말로 그는 지금 증권 거리 위에서,

눌러. 아무것도 아닌 사람,

이었다. 그는 증권 거리를 빠져나왔다. 아예 떠나지도 못하고 블록의 바깥쪽을 빙빙 돌았다. 이상하게 자꾸 그렇게 되었다. 혹여 놈과 마주치게 될까 봐 걱정해서는 아니었다. 놈이 건강상의 이유를 핑계로 한 달간의 휴가를 냈음을 그는 거북의 제보로 알고 있었다. 어느 일간지에는 김대현이 진짜로 살인을 해서 자수를 했던 게 아니라, 애인을 잃은 슬픔에 일시적인 정신이상을 겪은 것이었다는 내용의 기사가 떴다. 신문에는, 그의 자수는 미친 사랑의 자백, 이라는 헤드라인이 뜨

고, 인터넷에는 "로미오와 줄리엣이 따로 없네요." "나한테는 왜 저런 남자가 없을까요?" 등등의 댓글이 달렸다. 거북에 의하면 놈은 주요 고객들에게 그간 불미스러운 사건으로 혼란을 겪은 것은 사실이지만 업무 능력에는 아무런 이상이 없다는 논지로 장문의 문자메시지를 보냈다. 살인 사건이 '김대현'을 추락시키기는커녕 오히려 네임밸류를 높여 개인 투자자를 증대시킬 분위기라고 거북은 말했다. 놈이 휴직 중인데도 놈에게 투자하겠다는 개인 투자자들이 늘고 있다는 거였다.

—브로커가 하늘이 무너져도 흔들림이 없어야지. 이건 아직 정상인지 아닌지도 모르는 놈한테 뭘 믿고 투자를 해?

—넌 대중의 심리를 모르는구나. 애인을 지켜 주지 못했다는 죄책감 때문에 자신이 가진 모든 것을 포기한 남자라잖아. 그런 남자라면 고객한테도 마찬가지로 대할 거라는 환상이 생긴 거지. 지고의 순정남이 고객을 배신하거나 고객한테 속임수를 쓸 리 없다는 믿음이랄까.

거북의 말이 옳았다. 놈은 고객의 이성이 아니라 환상에 호소하고 있었다. 놈이 의도했건 의도하지 않았건 놈의 이미지 마케팅은 주식의 전략에 잘 들어맞는다고 할 수 있었다. 주식시장은 실물이 아니라 믿음을 파는 곳이다. 잘 만들어진 믿음은 막대한 투자를 모으고, 막대한 투자는 반드시 실물을 만들어 내게 돼 있다. 황 박사의 줄기세포가 실험 단계에 불과하다는 소문이 새어 나간 이후에도 고래 주주들은 바이오주(株)를 포기하지 않았다. 어쨌거나 현재의 속도대로 투자가 계속되면 황이 줄기세포 연구에 실제로 성공할 확률은 기하급수로 높아질 테니까. 그렇지 않더라도 사람들의 믿음이 유지되는 한 주식 가격은 계속 오를 테니까. 혼자 믿으면 정신병이지만 모두가 믿으면 사실이 되었다. 안전해서 믿는 게 아니라 믿어서 안전해지는 거였다. 증권(securities)의 단수 형은 안보(security)였다. 증권을 지키려면 개미들의 믿음을 지켜야 했다.

개미들의 믿음이 지속되는 한, 놈과 대투자자들의 줄은 쉽게 끊어지지 않을 터였다. 물론 그는 장기적으로도 그럴 수 있다고는 믿지 않았다. 지구 상에서 '나비효과'를 실제로 볼 수 있는 곳이 있다면 그건 증권시장이었다. 놈의 아주 작은 실수 하나가 일련의 연쇄 과정을 거쳐 투자자들을 전부 떨어져 나가게 만들 가능성은 언제나 있었다. 그는 어슬렁거리던 자리에 오도카니 서서, 멀리 증권 거리를 향해 먼눈을 팔았다.

사거리의 대형 화면에서,

"연예인 연쇄살인"이라는 제목의 특보가 나오고 있었다. 얼마 전 그가 청소한 시체에 대한 보도였다. 자신이 연루된 사건을 뉴스에서 보니 유체이탈을 하는 것처럼 야릇했다. 보이지 않는 영혼이 되어 자신의 죽은 몸을 내려다보는 기분이 들기도 했다. 어쨌거나 그는 자신이 저지른 일이 무척 그럴듯함을 깨닫고 놀랐다. 아니, 그럴듯함을 넘어서서 가장 무시무시한 범죄로 사람들의 뇌세포에 각인될 것 같았다. 어떻게, 저런 사건의 주인공이 나일 수 있단 말인가?

앵커는 희생자가 모델이었음을 밝히고, 시체가 많이 훼손되어 이연의 경우와는 방식이 다르지만 두 명의 피해자는 최근 활동이 정체기였다는 공통점이 있다고 말했다. "많이 훼손"이라는 말을 듣자마자 그의 입꼬리가 낚싯바늘처럼 휘어져 올라갔다. 화공 약품에 통째로 녹다 못해 단백질 엑기스가 돼 버렸는데 단지 훼손이라니. 훼손이라는 말의 애매함이 오히려 시청자들의 무한한 상상력을 자극하리라. 정체기라고 했으니 활동이 부진한 연예인들은 죄다 공포 속에 살게 되겠군. 무시무시한 특보는 에코 이미지의 자동차와 10대 아이돌의 뽀송뽀송한 피부를 내세운 화장품 광고의 협찬으로 마무리되었다.

지나가던 젊은 여자 두 명이 그의 얼굴을 기웃거리며 걸음을 멈추었다. 가방에서 다이어리 따위를 꺼내 와 사인이라도 받아 낼 눈치였다. 그는 대형 화면을 등지고 증권 거리의 반대쪽으로 무작정 걸었다. 대로 저편으로 이울고 있는 태양의 마지막 햇살이 날카로웠다. 놈이 성공할까 봐 걱정하는 게 아니었다. '김대현'을 되찾기만 하면 그 성공은 자신의 성공이 될 테니까. 그의 걱정은 조만간 놈이 반드시 저지르게 될 실수에 쏠려 있었다. 브로커의 업무는 이론과 논리만으로 해결될 일이 아니었다. 몸과 시간을 투자해야만 배울 수 있는 디테일들이 있었다. 정말 거대한 배후가 있어 놈에게 완벽한 교육을 시켰다 하더라도 그동안 그가 해 온 수많은 뒷일들을 놈이 문제없이 이어 나갈 가능성은 없었다. 차라리 이번 일로 대투자자들과의 끈이 끊어지는 편이 나았을지도 몰랐다. 놈은 화려한 실내장식만 볼 수 있을 뿐, 벽 뒤에 매설돼 있는 복잡한 배선들에 대해서는 결코 알 수 없을 것이다. 시간이 많이 남지 않았다고 그는 생각했다. 놈이 배선을 하나라도 잘못 건드리는 날에는 건물 전체가 정전의 어둠에 휩싸일 터였다. 그쯤에서 끝난다면 다행이었다. 그 건물은, 전기가 다시 연결되면 시한폭탄들이 가동하도록 설계된 그런 건물이었다. 휴직계 한 달이면 20일 정도밖에 남아 있지 않았다. 어떻게든 놈이 업무를 시작하기 전에 모든 것을 정상으로 되돌려 놔야만 했다.

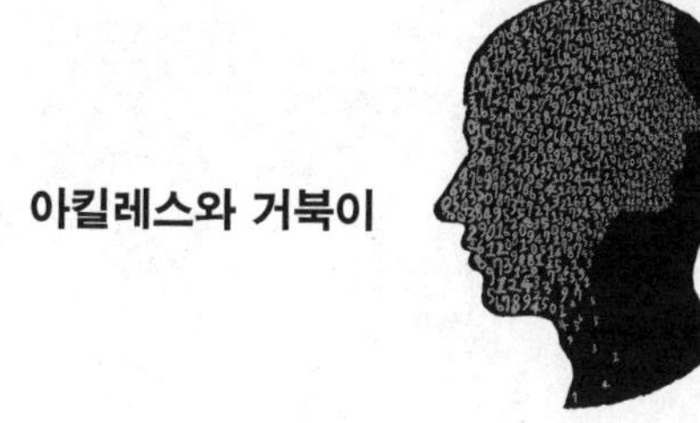

아킬레스와 거북이

날씨가 갑자기 뜨거워졌다. 그는 가슴 깊은 곳이 발작적으로 따끔거렸다. 증기 흡입의 후유증만은 아니었다. 전화기에 메시지가 오고, 그것이 놈의 것이 아님을 확인하고 나면, 비로소 안도감과 함께 통증이 찾아왔다. 놈에게서 마지막 전화가 온 지 한 주가량이 경과했다. '연예인 연쇄살인'이 검색어 순위 열 손가락 바깥으로 떨어졌다. 새벽 집합을 두려워하는 이등병은 호된 기합이 끝나고 나서야 편안하게 잠들게 마련이었다. 그는 어느새 놈의 전화를 기다리고 있는 자신을 발견했다.

— 제논의 역설 알아? 아킬레스와 거북이의 경주 말야. 거북이보다 천 배나 발이 빠른 아킬레스가 거북이의 천 걸음 뒤에서 출발하지. 아킬레스가 천 번 땅을 짚어 거북이의 출발

지점에 도달하면 거북이는 한 걸음만큼 앞서 나가 있겠지? 다시 아킬레스가 한 걸음을 따라잡을 동안 거북이는 다시 천분의 한 걸음만큼 앞서 있게 되지. 이런 식으로 계속 반복하면 아킬레스는 거북이에게 한없이 가까워질 뿐, 영원히 거북이를 추월할 수 없어. 해커가 잡히지 않는 원리지. 우리는 끊임없이 천분의 한 발 앞서는 방식들을 만들어 내거든.

그는 거북이 말하고자 하는 바를 알아들었다. 가만히 앉아서 기다리고 있을 것이 아니라 적극적으로 예측해야 했다. 프로파일러와 증권 브로커의 공통점이 있다면 예측에 능하다는 점일 거였다. 그는 도서관에서 책과 자료를 또 한 차례 잔뜩 찾아와서는 방에 틀어박혔다. 다시 증권 고시생이 되었다고 상상했다. 종이를 안광으로 태워 없앨 기세로 하루 종일 읽고 또 읽었다. 첫 번째 질문은 근본적인 것이었다.

연쇄살인범은 왜 죽이는가?

연쇄살인범에게 살인은 섹스와 같다. 그들은 죽임으로써만 만족을 얻는다. 설사 100명을 죽였다 해도 많이 참은 것이다. 평생 고작 100번의 오르가즘을 경험했다는 의미니까. 몇 명밖에 죽이지 않았다면 성직자에 가깝고 한 명도 죽이지 않았다면 말 그대로 생불(生佛)이다.

연쇄살인범은 불사의 성욕을 갖고 있다. 나이가 들면 여자는 폐경에 이르고, 남자는 발기부전이 되지만, 사이코패스의 성욕은 육체가 죽어도 죽지 않는다. 그것은 늙지 않는 성욕이자 육체적 성욕 이상이다. 존재 증명의 욕망이자, 권력에 대한 열망이며, 심지어는 후세에 이름을 남겨 영원히 살고자 하는 예술적 지향이다.

연쇄살인범의 딜레마가 여기에 있었다. 알리면서 숨기기. 혹은 베일에 싸인 채로 유명해지기. 존재가 묻히면 실패한 예술이고, 증거를 남기면 인생이 실패한다. 역사상 가장 성공한 연쇄살인범의 예는 끝내 잡히지 않은 잭 더 리퍼(Jack the ripper)다. 그는 연쇄살인사의 전설로 남았으나 그의 정체는 밝혀지지 않았다. 연쇄살인범과 슈퍼맨, 배트맨, 스파이더맨 같은 슈퍼 히어로의 공통점은 명백하다. 그들은 사랑하는 여자—살인범에게는 피해자—에게만 자신의 맨얼굴을 허락한다.

놈의 특이점은 강자 불가침의 법칙을 어기고 있다는 사실이었다.

사이코패스는 결코 강자를 건드리지 않는다. 약자를 택해야 보다 수월하게 범죄를 저지를 수 있기 때문만은 아니다.

그들은 강자가 약자를 지배하는 것이 당연하다고 믿는다. 지배자들이 너무 온정적이어서 세상이 잘못되어 가고 있다고 생각한다. 자신과 같은 천재가 비참하게 살고 있는 것은 세상이 어이없는 것들을 설치고 다니도록 내버려 두기 때문이다. 지배자는 폭력을 아껴서는 안 된다. 혹은 폭력이야말로 강자의 자격이다.

유영철은 박정희, 히틀러, 그리고 체 게바라를 존경한다고 말한 바 있다. 여대생과 매춘부라고 여겨지는 여자들을 주요 타깃으로 삼았다. 여대생이어서가 아니라, 여대생이 될 자격이 없어 보여서 죽였다. 매춘부여서가 아니라, 매춘부 주제에 당당해 보여서 죽였다. 공부를 열심히 할 것 같은 여대생이었다면, 직업을 부끄러워하는 매춘부로 보였다면, 죽이지 않았을 것이다.

사이코패스의 이분법은 사실상 대중심리의 그것과 다를 바 없다. 많은 사람들이 사이코패스처럼 세상을 바라본다. 이건희의 자서전을 탐독하면서 삼성 맨들은 밥맛없어하고, 걸그룹은 숭배하면서 여고생의 짧은 치마는 손가락질한다. 정치권의 비리에는 관대하면서 옆 차선의 끼어들기는 절대로 용납할 수 없고, 세상이 썩어서 내가 성공하지 못하는 거라고 생각하면서도 성공한 사람의 말이 아니면 귀 기울여 듣지 않는다. 사람들은 강자 독식의 사회에 반대하지 않는다. 자신이 강자가 아니라는 사실을 납득하지 못할 뿐이다.

놈의 살인 패턴은 경제성의 원칙에서도 벗어나 있었다.

어떤 사람에게 50만 원이 있다고 치자. 싸구려 백반만 먹으면 한 달 동안 세 끼를 꼬박 챙겨 먹을 수 있다. 몇 끼 식사를 편의점 김밥 등으로 때워서 삼겹살 따위를 구워 먹는다면 그건 합리적인 소비에 속하지만 한 달을 굶어서 한 끼에 50만 원 하는 최고급 레스토랑에 가는 것은 그야말로 바보짓이다. 나무 꼭대기의 커다란 열매를 따기 위해 엄청난 칼로리를 소모하는 것보다는 별 노력을 들이지 않고 딸 수 있는 손 닿는 높이의 작은 열매 수십 개가 훨씬 이익인 것이다. 어떤 책은 고대 부족의 사냥꾼들이 맹수를 노리지 않은 것은 불가능하거나 위험해서가 아니라고 주장하고 있었다. 왜냐하면 그들은 매머드로 뼈 무덤을 쌓을 만큼 유능한 사냥꾼들이었기 때문이다. 다만 고양이과 육식동물의 사냥은 들여야 할 노력에 비해 돌아오는 대가가 너무 적었다.

박이명이 무리하게 유명인을 죽인 것은 김대현에 대한 콤플렉스 때문이다. 쌍둥이인데도 김대현만이 성공한 것은 성장 배경과 환경의 차이 탓이라고 인식했을 것이다. 정당한 사회라면 박이명도 김대현만큼 성공했어야 옳다. 따라서 박이명이 김대현의 신분과 여자를 취하는 것은 부당한 일이 아니다.

두 번째 희생자는 왜 모델인가.

다리 페티시즘과 결벽에 가까운 깔끔한 취향을 고려했을 때, 박이명은 질서에 집착하는 인물이다. 연쇄살인범의 연쇄(serial)라는 단어에는 연재(serial)의 의미가 숨어 있다. 드라마의 서사는 무엇보다 앞뒤가 맞아야 한다. 첫 회에 가수를 죽였으니, 앞으로도 비슷한 타깃을 선택해야만 시리즈(series)로서의 가치가 있다. 신분이 상승했으므로 희생자도 신분에 맞게 선택해야 한다는 심리도 작용했을 것이다. 신용 불량자일 때는 매춘부나 금치산자 정도를 상대했지만 이제 증권 브로커가 됐으니 가수나 모델 정도는 죽여야 품격에 맞는다고 생각했을 것이다.

그렇다면 앞으로는 누굴 죽일까.

뉴스 보도대로 연예인 시리즈로 갈 확률이 컸다. 가수, 모델에 이어 배우, 댄서, 엠씨, 방송인 등등으로 가야 컬렉션이 된다. 프로파일링에 대한 반발로 도중에 스튜어디스, 경찰, 의사, 간호사 등등의 제복 시리즈로 선회할 가능성도 물론 배제할 수 없었다. 하지만 일단 연예인으로 상정한다고 해도 다음 타깃을 예측하기란 여간 어려운 일이 아니었다. 하얀 얼굴과 아름다운 하체를 가지지 않은 연예인이 대체 몇 명이나 있을까. 인기가 떨어졌거나, 인지도가 애매한 연예인이 과연 한두 명일까.

그는 이연과 모델의 사진을 번갈아 보며 공통점을 찾아보려고 애썼다. 한참을 들여다보고 있자니 차이점을 발견하는 게 더 어려운 일로 여겨졌다. 그것은 백사장 위에 있는 모래를 분류하는 일이나 다를 바 없었다. 이연이라는 여자의 진짜 특징은 과거의 '김대현'만이 아는 것이었다. 지금 '박이명'이 되어 있는 그는 이연이라는 여자에 대해 아는 것이 없었다. 설사 안다 해도, 그가 아는 것보다, 사람들이 알 수 있는 것들이 더 중요했다. 그녀는 가수였다. 톱스타도 아니지만, 인지도가 없다고도 할 수 없는 가수. 하얀 얼굴과 매력적인 다리를 가졌고, 독신이었고…… 그것뿐이었다. 지금의 그가 그녀에 대해 생각할 수 있는 것들은, 그렇게 몇 개의 문장으로 간단하게 정리될 수 있는 것들이었다.

*

그는 놈의 동선을 파악하기로 했다.

BMW는 위치 추적 서비스에 가입돼 있었다. 회사 시스템을 해킹해 달라고 부탁했지만 거북은 단호하게 거절했다.

"더 이상 불법은 안 됨."

"네가 나 때문에 벌게 된 돈이 얼마지?"

"그건 내 노동의 대가."

"이번 일의 대가는 더 셀 텐데."

"해킹은 언제나 선불."

"아내도 자식도 없이 나중에 어쩔래. 늙으면 실버타운 들어가야 한다며. 최소 10억은 있어야겠지. 넌 4대보험도 없고, 물가는 자꾸 오르고…… 너 들어갈 때쯤엔 못해도 30억은 할걸?"

거북은 정말 한참 동안 고민했다. 아무리 거북이라도 먹이 앞에서는 재빠른 법이었다. 육식 거북은 먹이를 가리지 않는데다 물고기나 양서류도 잘만 잡아먹는다. 금융기관은 말할 것도 없고, 최근에는 경찰청까지 해킹했다. 그는 거북이 몸 사리는 이유를 도무지 알 수 없었지만 조용히 기다렸다. 거북은 목살을 접고 화석처럼 앉아 있다가 끄응, 하더니 자리에서 일어났다.

"한 시간만 대기."

거북은 여기저기서 잡동사니를 꺼내 와 컴퓨터를 조립했다. 조립이 끝난 뒤에는 프로그램 사용법과 주의사항에 대해서 상세히 설명해 주었다.

"자그마치 2000. 제발 조심."

몇 번씩이나 반복해서 말하더니 아무래도 안 되겠다는 듯 그에게 100만 원어치 현금 뭉치를 건넸다. 생활고에 시달리면 시스템을 팔아먹을지도 모른다고 생각한 모양이었다. 그는 1초도 망설이지 않고 거북이 주는 돈을 받아 챙겼다.

20대 여자 연예인. 하얀 얼굴, 긴 다리. 조건은 여전히 너무 단순했다. 부수적인 조건들을 대입해 대상자의 범위를 줄여 나갔다. 섹시 스타일이나 노출로 알려진 연예인은 지웠다. 기왕에 살해된 가수와 모델, 접근이 거의 불가능한 톱스타도 제외했다. 전시 살해의 의의가 없는, 지나치게 인지도가 떨어지는 경우도 열외였다. 혼자 살고 있을 것, 보디가드가 없을 것, 청담동 집에서 도보로 20분 바깥에 살 것 등을 조건으로 첨가했다. 그러자 대상이 30여 명으로 축소되었다. 거북을 협박하다시피 해서 그녀들의 개인 신상 정보를 확보했다. 거북이 가르쳐 준 대로 그녀들의 거주지를 디지털 지도에 입력했다. 이제 놈의 차가 피해자의 집에 가까이 접근하면 저절로 경보가 울리게 된다. 놈은 계획 살인을 하고 있는 만큼, 꼼꼼하게 탐색하고, 살해 방법도 충분히 상상한 다음 범행에 착수할 것이다. 동선만으로도 다음 타깃을 알아낼 수 있다는 얘기였다.

그는 집에서 여유 있게 책을 읽으며 놈이 집에서 나오기를 기다렸다. 오후가 되면 놈은 보통 헬스클럽에 갔다. 그가 다니던 헬스클럽이었다. 일주일 동안 두 번 외식을 했다. 그가 단골로 가던 식당이었다. 술은 딱 한 번 마셨는데 그가 브이아이피였던 회원제 클럽에서였다. 아직 업무를 보지 않는다는 점만 빼면 놈은 과거의 그를 그대로 따라 하고 있었고, 그는 그런 놈의 모습을 엿보고 있었다. 놈을 감시하는 건지, 예전의 자신을 관찰하는 건지 헛갈릴 지경이었다. 그는 자신이 꽤 활동적으로 살아왔다고 생각했으나 놈이 파악한 그의 일상은 몇 줄로 구성된 초보적인 알고리즘처럼 단순했다.

그의 시간표에 놈이 첨가한 것은 밤 외출이었다. 놈의 밤 산책은 BMW의 지피에스가 아니라 경비 시스템의 디지털 서비스로 알아낼 수 있었다. 컴퓨터와 모바일로 경비 시스템의 세팅과 해제 상태를 확인할 수 있었다. 청담동 집의 경비 시스템은 9시쯤 해제-세팅되었다가 10시에서 11시 사이에 다시 해제-세팅되었다. 일주일에 두세 번쯤이었다. 전형적인 연쇄살인범의 산책 패턴이었다. 평범한 사람이 외로움을 느낄 만한 시간에 연쇄살인범은 살인의 충동을 느끼게 마련이었다. 단지 목격자의 눈을 피하기 위해 밤 시간을 택하는 것만은 아니었다.

하지만 놈은 절제하고 있었다. 놈이 청담동에 거주한 이래

주변 지역의 살인 사건이나 실종 사건은 전무했다. 도보 이동 가능 거리에서 범죄를 저지를 바보도 아니었지만 놈의 산책은 아무래도 작품 구상에 목적이 있는 것 같았다. 마치 작가처럼, 틈날 때마다 산책을 즐기며 상상력을 점검하고 있는 것 같았다. 놈은 보름 정도를 산책하더니 주가 바뀌자 이틀 연속 우면동의 아파트 단지를 차로 배회했다. 그 뒤부터는 산책을 하지 않았다. 구체적인 계획 짜기에 착수했다는 뜻이었다.

해당 아파트 단지에 살고 있는 피해 대상자는 다행히 한 명이었다. 자가(自家) 소유자였고, 혼자 살고 있었으며, 공중파 계약직이었다가 몇 해 전 프리랜서로 독립했다. 화면에 거의 얼굴을 비추지 못하다가 최근 케이블 코너를 맡았다. 아나운서가 아니라 엠씨 자리였다. 노출이 점점 심해지고 있었다. 살아남기 위해 자존심을 버린, 처벌 대상으로는 적격이었다.

그가 방을 떠나야 할 때가 왔다. 그런데 전화기가 문제였다.

—본인 이름으로 전화기를 두 개 해 놨을 거라고? 천만에.

—어째서?

—너랑 관련이 있다는 거 동네방네 광고할 일 있어? 편법을 써서 대포 전화로 만들어 놨을 거야.

—대포 전화로 만들어 놔도 결국 알려지는 건 마찬가지잖아.

—어째서?

—예전에 쓰던 번호 그대로니까.

망할 놈의 강아지들이 또 떼로 나왔다.

—그쪽 입장에서는 다 너한테 떠넘기면 그만이야.

거북은 무슨 말을 더 하려다 마는 것 같았다.

—어쨌든 전화기 문제는 나한테 맡겨.

—어떻게?

—복제 전화를 하나 더 만들면 돼. 위치 추적 차단한 전화기를 들고 다니면 되지.

—넌 천재야.

—보수 비싸게 받는 천재라는 걸 좀 기억해 줬음 좋겠네.

거북은 하루 만에 복제 전화를 만들어 주었다. 제품 일련번호만 다를 뿐, 깔려 있는 어플리케이션과 저장된 콘텐츠까지 거의 똑같은 전화기였다. 거북이 그에게 묻지도 않고 동기화 프로그램을 사용한 거였다. 그제야 그는 놈이 자신의 전화기를 낱낱이 훔쳐봤으리라는 데 생각이 미쳤다. 놈은 그의 인맥은 물론, 각종 메모, 지난 일정까지 열람할 수 있었다. 지금은 삭제됐지만, 이연과 찍은 사진과 동영상, 심지어는 메신저 대화 내용까지 훔쳐보았으리라. 어딘가에 자료를 백업했다면, 이연의 모든 것을 지워 버린 그보다 더 많이 알고 있는 것이나 다름없었다.

그는 거북이 준 돈으로 중고차 한 대를 샀다. 낡아서 눈에 띄는 차였다. 가는 곳마다 당장 빼라는 경고를 받았다. 에어컨이 없는 한여름의 차 안은 땀 빼기에 좋았다. 꼬박 2시까지 길목을 지켰다. 아나운서는 코빼기도 보이지 않았다.

만 하루 만에 그는 요령이 늘었다. 주차 단속 차량이 두 번 지나가기를 기다려 초등학교의 담벼락이 불완전하게나마 그늘을 만들어 주는 어린이 보호구역에 차를 세웠다. 어린이 보호구역에는 보호할 어린이가 없었다. 차에서 내려 아파트 단지 안으로 천천히 걸어 들어갔다. 대규모 아파트 단지는 멸망한 지구처럼 한산했다. 놀이터를 지키고 있는 것은 한낮의 햇빛으로 꽉 찬 시간뿐이었다.

그는 생수와 담배를 사 가지고 와 놀이터 그늘에 자리를 잡았다. 담배 한 대를 피우니 지구가 반 바퀴 돌았다. 생수 한 모금 마시고 담배를 다시 물었다. 두 번째 담배는 그를 흡연자였던 5년 전으로 되돌렸다. 세 번째 담배를 피울 때쯤 그의 시간 감각은 우주의 저편으로 가 있었다. 그는 황금빛으로 일렁이는 햇살을 바라보았다. 동시에 현재의 빛이 언제나 20일 전쯤의 태양에서 탄생한다는 사실을 상기했다. 인간은 어떻게 저 먼 태양에서 매순간 새롭게 만들어지는 빛을 익숙하다고 여기는 것일까, 의아해하다가, 20일 전이라면 이연이 살해당한 그 즈음임을 새삼 깨달았다. 거실로 낮게 파고들던 그날의 햇빛이 이연의 시체를 사정없이 물어뜯던 그때, 지구로부터 1억

5000만 킬로미터 떨어진 곳에서 퍼엉, 하고 생겨났을 햇빛을 지금 맞고 있는 셈이었다. 평화롭고 따듯한 햇살을. 그날의 퍼엉, 따위는 없었다는 듯이. 그는 자신이 그날로부터 20일을 더 살아왔다는 게 실감나지 않았다. 과거라는 행성으로부터 1억 5000만 킬로미터를 광속으로 떨어져 나온 것만 같았다.

그는 어린 시절 엄마의 침실에 있던 삼면 화장 거울을 기억했다. 자개로 화려하게 장식된 검은색 앉은뱅이 화장대는, 유럽식으로 디자인된 옷장이나 침대와는 어울리지 않아서, 그 앞에 앉으면 다른 차원에 속한 것만 같았다. 그는 그 미지의 시간에 머물기를 좋아했다. 거울 앞에 옹립한 화장품들을 화장품이 아니라 연금술사의 시약이나 중세 마녀의 동물 재료라고 생각했다. 몇 가지를 조심스럽게 섞어 얼굴에 바르고 양쪽 거울을 안쪽으로 접으면 수많은 분신들이 거울 속에 나타났다. 거울 속에서 끊임없이 멀어지는 또 다른 자신에게 먼 눈팔다 보면 존재한다는 게 아무것도 아닌 것 같아서 슬펐다. 너무 멀리 있어서 더 이상 보이지 않아도 결코 그 반복이 끝나지 않으리라는 사실에 몸서리쳤다.

처음에는 놈이 그를 엿봤지만, 이제는 서로가 서로를 엿보고 있었다. 이렇게 나가다간 자신도 놈을 모방하게 될까 봐 두려웠다. 카멜레온 두 마리가 서로를 모방하면, 종국에는 무슨 색으로 변하게 될까. 살아남은 카멜레온은 애초에 자신이 가졌던 색깔을 과연 기억이나 할 수 있을까.

햇살의 장막이 세 갈래로 찢어졌다. 태양을 등지고 두 명의 경찰관이 나타났다. 나이가 지긋해 보이는 경찰관 한 명과, 얼핏 봐도 신참으로 보이는 젊은 경찰관 한 명이었다. 젊은 경찰관이 형식적으로 경례를 올려붙이더니 물었다.

"지금 여기서 뭘 하고 계신지요?"

"산책 중입니다."

"실례지만 주위에 사시나요?"

"좀 멀리 나왔습니다."

"죄송하지만 신분증 좀 제시해 주시겠습니까?"

"갖고 있지 않습니다."

"그럼 주민등록번호 좀 불러 주시겠습니까?"

그는 그제야 자신이 '박이명'의 주민등록번호를 기억하지 못한다는 사실을 깨달았다. 처음에는 사람 좋게 웃는 듯했던 중년 경찰관의 얼굴이 점차 노골적인 경멸의 빛을 띠기 시작했다.

*

그는 가까운 지구대에 연행되었다. 경찰관은 이름을 반복해서 물었으나, 그로서는 자신을 '김대현'이라고도 '박이명'이라고도 답할 수 없었다.

'김대현'이라고 했다간 엄청난 일이 벌어질 게 뻔했다. 당장 놈과 정면 대결을 해야 한다. '박이명'이라고 하면 잘못한 게 없으므로 금방 풀려날 상황이긴 했다. 하지만 그는 가까운 미래에 놈으로부터 '김대현'을 되찾아 와야만 했다. 신원은 지문 원본 대조로 금방 확인되겠지만, 무죄 증명은 그렇게 간단한 문제가 아니었다. 누가 진짜 범인인가를 가리는 법정에서 오늘의 일은 변호사의 골칫거리가 될 거였다. 검사가 절대 그냥 넘어갈 리 없었다.

그날, 우면동 아파트 단지에는 왜 갔던 겁니까? 경찰서에서는 왜 박이명이라고 거짓말한 겁니까?

처음부터 디지털 지문을 원위치시켜 놨어야 했다. 그랬다면 일이 이렇게까지 꼬이지는 않았을 것이다. 본인이 '김대현'임을 증명했다간 살인 혐의를 벗지 못할까 봐 걱정했던 게 화근이었다. 지금 '김대현'은 살인자가 아니었지만 그는 놈의 공범이었다. 그가 '박이명'이라는 연쇄살인범의 존재를 증명하는 순간, 놈은 그가 공범이었음을 증명할 것이다. 아니, '김대현'이 공범임을 증명할 것이다. 그 전에 '김대현'이 죽인 것처럼 꾸며 놓은 시체를 경찰에 발견되도록 하여 히든카드로 사용할 것이다.

하지만 그는 '박이명'이라는 이름을 댈 수밖에 없었다. 그의 침묵에 지친 경찰관이 마침내 히든카드를 꺼냈기 때문이었다.

"경찰서에 가서 지문 검색하면 다 나와요. 경찰서 가실래요?"

"박이명, 입니다."

"진작 그럴 일이지. 아유, 하여튼. 나이."

"……."

"나이도 말하기 싫으면 출생 연도 대세요. 주민번호는 몰라도 생일은 알 거 아냐."

그는 천천히 주민번호 앞자리를 댔다.

"주소."

그는 주소가 없다는 뜻으로 고개를 가로저었다. 셋방이 박이명의 주소로 돼 있을 리 없었다. 경찰은 모니터를 한동안 들여다보더니 물었다.

"혹시 ○○고아원 출신, 맞아요?"

그가 마지못해 고개를 끄덕이자, 좌, 하는 짧은 웃음소리가 경찰관의 입에서 새 나왔다. 참 나, 이 새끼 보게, 하자 옆에 있던 경찰관도 모니터에 달라붙었다. 왜, 뭔데?

이름을 말한 보람도 없이 그는 지구대에서 경찰서로 옮겨졌다. 두 명의 경찰에게 끌려가는 와중에도 그의 머리는 바쁘게 돌아갔다. 어떻게 해야 하나. 어떻게 하기는. 이왕 '박이명'이라고 얘기해 버린 이상 이제는 완벽하게 '박이명'이어야지. 앞으로도 신원이 바뀐 적이 있다는 사실은 영원히 묻혀야 했다. 놈이 확실하게 꼬리를 밟힐 때까지 기다려야 했다. 그러려면 놈을 현장에서 잡거나, 아니면 법의 울타리 밖에서 제거해야 했다. 그 뒤에 디지털 지문을 아무도 모르게 바꾸어 놓으면 된다. 단 한순간도 빠짐없이 놈은 '박이명'으로, 그는 '김대현'으로 살아온 게 되는 것이다. '김대현'은 그제야 자신에게 쌍둥이 형제가 있었으며, 충격적이게도 그가 사이코패스였음을 알게 될 것이다. 그 전까지 두 사람은 모르는 사이여야 했다.

경찰서에서는 강력계 형사가 그를 맡았다. 형사는 첫마디부터 반말이었다.

"박이명."

"네."

형사의 위압적인 말투에, 그는 자신도 모르게 이등병처럼 군기가 들었다.

"지금부터 묻는 질문에 솔직히 답변해라. 나중에 확인해서 하나라도 거짓이면 가중처벌이다. 알았어?"

잘못한 것도 없는데 뭐가 가중처벌이라는 건지 알 수 없었다.

"어린이 보호구역에 차 세워 놓고 뭐 했어?"

역시 무슨 말인지 알아들을 수가 없었다.

"대답 안 해? 대답하기 싫어?"

뭐라고 대답해야 할까 고민하고 있는데 주머니 속에서 전화기가 울렸다. 하필 이럴 때. 그가 눈치를 보며 안절부절못하자 형사는 너 같은 것들 아주 지긋지긋하다는 표정으로 받으라는 턱짓을 했다. 놈은 항상 그랬듯이 다짜고짜 말했다.

"도대체 왜 이러실까. 네가 무슨 정의를 위해 싸우는 영웅이라도 된 것 같아?"

"무슨 말씀이신지 잘……."

"네가 그렇게 정의롭다면 지금 당장 와. 그럼 안 죽일게. 어떻게 생각해?"

살인을 하기 직전이라는 얘기 같았다. 사실인지 떠보는 건지는 알 수 없었다.

"답이 없네? 그것 봐. 그럴 줄 알았어. 너 같은 살인마가 살인을 왜 막겠어."

그는 소리가 새어 나오지 않게 전화기를 귀에 바짝 붙였다.

"그럼 이건 어때?"

"……."

"두 시간 내로 짭새들을 데리고 오면 나를 잡을 수 있다."

놈은 그가 경찰서에 와 있다는 사실을 알고 있었다. 어떻게 알았을까.

“아아, 네.”

“정말 고민되지 않아? 나를 잡느냐, 기다리고 기다리던 시체 청소를 포기하느냐.”

“정말 가고 싶은데 지금 좀 바쁜 일이 있어서 말이죠.”

“그렇지. 아주 좋은 태도야. 이제야 본인이 누군지를 깨달았군. 그러니까 엉뚱한 생각 말고 당장 거기서 나와. 오늘은 처음부터 같이 한번 해 보자고. 네 본능에 충실해 봐.”

“저도 그러고 싶은데, 지금 당장은 좀.”

“그럼 경찰들을 데리고 와. 어디 한번 두고 보자. 경찰들이 네 말을 믿는 게 빠른지, 아님 내 솜씨가 빠른지.”

그는 이미 끊긴 전화에 대고 말했다.

“예, 그럼 제가 이따 전화드리겠습니다.”

그는 전화기를 급히 바지 주머니에 넣어 정중함을 표현했으나, 형사는 잔무를 처리하느라 관심도 없었다. 뭔 놈의 서류가 이렇게 많은지 씨발…… 하다가 그가 앞에 앉아 있음을 상기하고 질문을 반복했다.

“어린이 보호구역에서 뭐 했어?”

“산책 중이었습니다.”

“확실해? 나중에 거짓인 거 들통 나면 가중 처벌한다.”

똑같은 말을 하고는 여기저기서 걸려오는 전화를 받았다.

짜증을 내며 밖에 담배를 피우러 나갔다 왔다가, 다시 잔무를 처리하다가, 넌 누구였지? 하는 눈빛으로 그를 바라보았다.

"야 이 새끼야, 정 할 짓이 없으면 박스라도 주울 일이지 대낮에……."

훈계를 하면서 키보드를 두드리다가, 전화를 받았다가, 다시 담배를 피우러 갔다 와서는 되물었다.

"박이명이."

"네."

"어린이 보호구역에서 뭐 했어?"

그 과정을 몇 번 반복하는 사이 한 시간여가 지나갔다.

놈은 이미 준비를 끝냈을 것이다.

여자에게는 이승에서의 마지막 고통이 시작되고,

그 마지막은 결코 짧지 않을 거였다.

1분 1초가, 전 생애를 돌아볼 만큼 길 수도 있었다.

살려 달라고 외치면서도,

매 순간 고통에 지쳐 죽고 싶을 거였다.

매우 구체적인 아픔과,

도무지 현실로 받아들일 수 없는 상황과,

어떻게든 도망쳐야겠다는 생각과,

속절없이 붙잡히고 말 거라는 두려움과,

그래도 나는 죽지 않을 거라는 실낱같은 희망과,

결국 이렇게 끝나 버릴 거라는 체념과,
신에 대한 원망과,
새록새록 되살아나는 삶에 대한 욕구가,
그녀의 몸과 마음을 갈기갈기 찢고 있을 거였다.

그는 벽시계의 초침이 움직일 때마다, 불에 달군 돌덩어리처럼 뜨거운 말을, 배 속에서부터 식도까지 안간힘을 쓰면서 끌어 올려, 목울대 근처에서 그만 삼켜 버리는 일을 반복하고 있었다. 그가 돌덩어리를 막 내뱉으려고 할 때마다,

"박이명, 어린이 보호구역에 있으니까 좋아?"

형사는 비아냥거리는 말투로 물었다. 형사의 의도는,

"대답 안 해?"

그의 대답을 듣는 데 있지 않았다. 무슨 대답을 하건, 대답은 이미 정해져 있었다. 그가 해서는 안 되는 유일한 대답이었다. 그런 식으로 형사는 "어린이 보호구역이 좋다."는 문장을 그에게 각인시키고 있었다. 심문의 목적은 죄를 찾아내는 데 있는 게 아니라 충분히 잡아 둬서 공포심을 심는 데 있었으니까. 놈이 옳았다. 무슨 말을 하건 그가 '박이명'인 이상 경찰은 그를 믿어 주지 않을 거였다.

형사는 두 시간가량이 지나서야 그를 놓아주었다. 그냥 놓아준 건 아니었다. 그는 전경들의 호위를 받으며 병원에 가야만 했다. 약물중독의 혐의가 있어 채혈을 해야 한다는 것이었

다. 간호사가 피를 뽑는 동안 그는 피보다 훨씬 많은 양의 땀을 흘렸다. 초침이 한 칸 움직일 때마다 몸을 덜, 덜, 덜, 떨었다. 금단증상을 겪고 있는 마약중독자로 보이기에 딱 좋은 행색이었다.

전경들로부터 놓여나자 그는 곧장 택시를 탔다. 전화가 온 지 두 시간 반가량이 지나고 있었다. 잘하면 놈과 마주칠 수도 있겠다는 생각이 들었다. 몸싸움을 해서라도 놈을 때려눕히고 그다음에 경찰을 부르면 승산이 있는 싸움이라고 생각했다. 그가 택시에서 내려 막 아파트 단지로 들어갈 때쯤 놈에게서 전화가 왔다.

"오늘은 전화를 한 통만 하려고 했는데……."

"괜찮아, 얼마든지 해."

"내가 깜박 잊고 말 안 한 게 있어서 말야……."

놈을 잡아 두기 위해 그는 여유를 가장했다.

"그래, 뭔데? 얘기해 봐."

놈은 잠시 뜸을 들이다 말했다.

"경찰서에서 벌써 나왔나 봐? 근데 어딜 그렇게 급하게 가시나? 난 주소도 안 가르쳐 줬는데 말야?"

그는 자리에 주저앉았다. 고함을 치려던 것이 사레에 들리고 말았다. 폐가 뒤집힐 것처럼 격렬한 기침이 터져 나왔다. 놈은 선심이라도 쓰듯 기침이 끝나기를 묵묵히 기다렸다 말했다.

"여긴 압구정 한양아파트 ○동 ○○○호야. 여유 있게 천천히 와도 돼."

풍경 속의 거울

그녀의 얼굴은 하얗지 않았다. 짙은 색 피부에 칼자국이 어지럽게 나 있었다. 뚱뚱하지는 않았지만 통통한 편이었다. 살아 있는 동안에는, 글래머였을 것 같았다. 파란색 들통 안, 핑크색 물에 동동 떠 있는 두 개의 살덩이가, 그녀의 가슴이었던 모양이었다.

몸에서 분리된 가슴은 더 이상 가슴이 아니었다. 수면 밑으로 살짝 가라앉은 절단면이 너덜너덜하고 흐물흐물했다. 육체의 일부가 아니라, 수중 괴생물체의 시체 한 쌍 같기도 했다. 바닥에 놓인 종이에는 인쇄된 글씨로, “유전자는 가슴 속에”라고 적혀 있었다.

그는 싱거운 농담을 들은 사람처럼 웃었다. 놈이 잘린 지방

덩어리를 갖고 무슨 짓을 했건, 시체를 눈앞에 두고도 덤덤한 자신의 모습만큼 놀랍지는 않았다. 그는 전문적인 클리너처럼 사고하고 행동했다.

이번에는 준비된 재료가 없었다. 그는 집 안 이곳저곳을 뒤져 다용도실에 있는 생석회 포대를 발견했다. 고급품인 걸 보면 인테리어나 공예를 하던 여자인 모양이었다. 석회에 물을 적당히 섞으면 높은 열이 발생한다. 그가 집 안을 청소하는 동안, 여자의 가슴과 몸은 욕조 속에서 천천히 익어 갈 거였다.

네 본능에 충실해 봐.

놈이 전화에 대고 했던 말이 하루 종일 그를 따라다녔다. 놈은 청담동 집에서 도보 15분 이내 지역에서, 하얗고 다리가 예쁜 여자가 아닌, 검고 글래머러스한, 연예인이 아닌 여자를 죽였다. 그의 머릿속을 훤히 들여다보고 있다는 듯한 태도였다. 컴퓨터의 포르노들은 그의 예측을 예측한 결과였을까. 놈은 그의 분석을 특정한 방향으로 유도할 만큼 그에 대해 잘 아는 것일까. 그렇지 않다면 어떻게 그가 예측한 것과는 정반대 유형으로 다음 타깃을 정할 수 있었을까.

누가 누구를 프로파일링한 것인지 헛갈리기 시작했다. 청순한 이미지의 얼굴과 아름다운 하체는 놈이 아니라 자신의 취향이 아니었을까. 이연은 놈이 아닌 그의 애인이었다. 그는 외모와 상관없이 이연을 사랑했다고 생각해 왔으나 지금은 확신이 서지 않았다. 누군가를 좋아하는 진짜 이유를 아는 사람은 많지 않다. 사실은 스쳐 지나가는 표정 하나, 자신도 모르게 맡게 되는 향기, 자꾸만 떠오르는 사소한 몸짓 한 가지가 사랑의 전부일지도 몰랐다.

처음부터 놈은 그보다 훨씬 많은 정보를 갖고 있었다. 엄마에 대한 결핍으로 일시적인 자폐 증상을 앓았음과, 아버지의 폭압 때문에 모든 것을 기록해야 한다는 편집증을 갖게 되었음도 그의 일기를 읽어서 다 알게 되었을 것이다. 섹스에 대해서도 마찬가지였다. 그는 직업 여성과의 잠자리에 번번이 실패하고는 했다. 어쩌면 그것은 섹스를 돈으로 살 수 없다는 순수주의가 아니라 남자의 맨몸을 스스럼없이 바라보는 그녀들의 눈빛 탓이 아니었을까. 그는 이연과 불을 켜 놓고 몸을 섞은 적이 없었다. 이연이 적극적으로 나오면 오히려 움츠러들곤 했다. 유혹하기 위해 이연은 종종 수줍음과 내숭을 이용했다. 꽤 긴 실랑이 끝에 뒤로 파고드는 그를 마지못해 받아 주곤 했다. 의무적인 섹스라는 듯 침묵과 소극적인 태도를 가장해 상대방의 적극적인 행동을 유발하는 것도 그녀의 기술 중 하나였다. 그는 자신의 무의식 속에 항문 섹스와 강간

망상이 숨어 있었음을 인정할 수밖에 없었다.

하지만 놈에게도

숨기지 못한 게 있었다. 칼자국에 남아 있는 언어였다. 그런 건 성적 취향처럼 조작 가능한 게 아니었다.

자상(刺傷)은 침묵할 수는 있어도 거짓말은 하지 않는다. 아무리 전문가라도 다른 사람처럼 칼질을 할 수는 없다. 초보자의 흉내를 내는 것은 더더군다나 어렵다. 상대방을 찌를 때의 상황과 감정까지 남는 게 칼자국이다. 칼자국은, 이를테면 칼을 쓰는 자의 필체라고 할 수 있다.

그는 누렇게 변색된 천장을 초점 없이 바라보며 지금까지 본 칼자국들을 하나하나 되새겨 보았다. 제일 지저분한 것은 이연의 자창(刺創: 찔린 상처)이었다. 젖가슴 바로 밑 늑골 사이를 정확히 파고들려 했던 의도는 알겠으나 솜씨가 세련되지 못했다. 그에 비하면 두 번째 피해자, 모델의 경우는 깔끔했다. 목 부위에 깊은 절창(切創: 베인 상처)을 내어 단순하게 죽인 탓도 있겠지만, 단지 그 때문이라기에는 피를 뽑아내고 다리를 잘라 낸 솜씨가 노련했다.

어쩌면 두 사람이거나,

학습 능력이 매우 발달한 놈이었다.

하지만 이번 것은 할창(割創: 지저분한 상처)과 절창이 뒤섞여 있었다. 저항이 심했다는 의미라기엔 명치를 정확하게 파고들어간 자창이 수상했다. 몸싸움 중에 마구 휘두르는 칼에 맞아 생긴 할창 같지 않았다. 그렇게 어지러운 지경이었다면 몸부림치는 사냥감의 급소를 어떻게 단번에 찔렀을까. 잘린 가슴에 사정한 걸 보면 살아 있는 여자를 범한 것도 아니었다. 아마도 피해자가 놀라서 몸이 굳어 있었거나, 아니면 힘으로 완전히 제압한 상태에서 냉정한 일격을 가했을 것이다. 나머지 칼자국은 그 뒤의 난자(亂刺)였다. 그런데 왜 어이없게 할창이 나나?

할창 같은 지저분한 상처는 불안정한 심리 상태를 반영했다. 원한이나 복수에 의한 살인인 경우 그런 상처가 난다. 아무리 누군가가 미워서 죽이더라도, 인간은 살인이 끝나는 그 순간까지 죄책감과 두려움, 분노와 연민, 죽이고 싶은 마음과 그만둬야겠다는 마음 사이에서 갈등하게 되기 때문이다. 사이코패스한테는 그런 게 없다. 그런 게 없어서 사이코패스다. 정상인이 사이코패스처럼 깔끔하고 깊은 상처를 남기는 경우는 치정 살인을 할 때다. 사람은 사랑하는 사람을 죽일 때 가장 냉정하다. 상대를 사랑했으면 사랑했을수록, 가해자는 반성도 연민도 주저도 없다.

맹목적이라는 점에서,

사랑은 사이코패스와 같았다.

바깥이 소란스러웠다. 언제부터 그랬는지는 알 수 없었다. 그는 소음을 듣자마자 방바닥에서 벌떡 일어섰다. 하지만 복도에 발 한쪽을 내려놓자마자 후회했다. 멧돼지처럼 검고 큰 남자가 옆방 여자의 손을 붙잡고 걸어오고 있었다. 이런 거시기가 돈 벌 생각하라니까 행길에서 거시기나 허고 그러다 거시기된당께……. 그는 티 나지 않게 문을 닫고 들어가려 했으나 그를 발견하고 표정이 밝아진 여자는 단 두 음절로 초를 쳤다.

"오빠!"

대체 여자가 오빠라고 부른 사람은 누구였을까. '박이명'일까, '김대현'일까. 하긴 여자가 지금 소녀인지 처녀인지 엄마인지도 알 길이 없었다. 사람인지 멧돼지인지 모르겠는 남자가 그를 물끄러미 쳐다보고 있었다. 문을 닫아야 할지 열어야 할지 어디로든 빨리 도망가야 할지 고민하고 있는데 웃는 건지 찡그리는 건지 애매한 표정이었던 멧돼지가 갑자기 활짝 웃었다.

"구신인 중 알고 식겁했네. 형님, 계셨어유."

멧돼지는 쫄따구로 보이는 애숭이를 돌아보더니 인사하라는 표시를 했다. 애숭이가 그에게 90도로 절을 했다.

"거 참 동생들 거시기하는디 대충 거시기하시지. 형님 뭐 바뻐유? 오랜만에 거시기 한잔하실래유?"

멧돼지는 그를 동네에서 가까운 양꼬치집에 데려갔다. 한낮의 중국 꼬치집은 덥다 못해 숨 막혔다. 맞은편에 앉은 대두의 얼굴은 숨 막히다 못해 기막혔다. 가까이서 보니 얼굴 안에 멧돼지만 있는 게 아니었다. 붕어처럼 눈구멍이 벌어지고, 대충 박혀 있는 눈알은 쥐새끼의 그것만 하고, 코끼리만 한 얼굴에 산딸기만 한 코가, 입술로 추정되는 부위에는 전복 하나가 떡하니 붙어 있었다. 무섭게 생긴 얼굴이 아니라 이상하게 생겨서 무서웠다. 초식성인지 육식성인지, 육상 동물인지 바다 생물인지조차 헛갈리는 유전자. 중국인 아줌마가 주문한 양꼬치 2인분을 숯불 위에 다소곳이 올려놓고 종종걸음으로 사라졌다. 양고기를 줄줄이 꿰고 있는 가는 쇠막대의 끝이 하나같이 예리했다.

"난 또 형님 거시기, 손 씻었단 소문 듣고 영 가신 중 알고."

괴물 멧돼지는 덜 익은 양꼬치를 우적우적 씹으면서 첫마디를 뗐다. 사시인 데다 초점이 흔들려서, 텔레비전을 보는 건지, 그를 보는 건지, 보는 게 없는 건지 알 수 없는 시선이었다. 무슨 생각을 하고 있는지, 무슨 짓을 할지 전혀 예측이 되지 않았다. 술집 안에 있는 모든 사람들의 주의는 멧돼지에게 쏠려 있었다. 존재 자체만으로도 공포심을 유발한다는 점에서 사채업자 똘마니가 천직이지 싶었다. 그는 무표정을 유지하고 있었지만 멧돼지가 들고 있는 쇠막대기 끝에서 눈을 뗄 수가 없었다.

"참 형님도 빨랑 거시기하셔야 할 틴디, 저년 운도 좋지. 형님 아이었음 벌써 거시기했을 틴데, 그나저나 요즘 형님 거시기는 잘되시유?"

그러니까 대체 그놈의 '거시기'가 뭐시냐. 그가 알아듣거나 말거나 멧돼지는 술과 안주를 번갈아 흡수하며 끊임없이 떠들었다.

"우리도 죽겠당께요 참말로. 저년 씨발 거시기가 저래 갖고 어데 보내지도 못허고 거시기를 해 버릴 수도 읎고……."

하다가 텔레비전에 나오는 쇼 프로그램을 보고,

"아이고 저 거시기 같은 새끼들, 우숴 죽겠네, 아주."

하며 배를 잡고 웃는 식이었다.

형님이라고 하니 존댓말을 할 수도 없고, 그렇다고 무작정 하대했다간 무슨 봉변을 당할지 모를 일이었다. 워낙 상황에 따라 붙었다 떨어졌다 하는 놈들이니 '박이명'과 어떤 관계

였는지도 짐작이 가질 않았다. 어쨌거나 옆방 여자가 멧돼지의 회사에 거액의 빚을 진 것만은 확실해 보였다. 그는 어떤 어조를 쓸까 고민하다가 약간 말끝을 흐리기로 했다.

"그래서…… 얼만데……?"

멧돼지가 눈을 크게 뜨며 담배를 뽑아 물었다. 붕어 눈이 아무리 커진다 한들, 눈동자가 쥐새끼 것만 하면, 그게 놀란 건지, 화난 건지, 무언가 의심하는 건지 어찌 아나.

"뭐요? 저녁 거시기유?"

멧돼지는 초점이 안 맞는 눈으로 그를 한참 보더니 웃었다.

"아이고 저년 거시기를 형님이 모르믄 누가 알어유?"

좀 작게 좀 얘기해라 이 새끼야. '저년 거시기'가 뭐냐.

"얼마나 늘었냐 이 말이쥬?"

그는 말없이 소주 한 잔을 꺾은 다음 애매하게 고개를 끄덕, 했다.

"통나무째로 납품해도 간당간당해유. 항상 똑같지 뭐 옛날에는 안 그랬나유."

목숨을 끊어서 모든 장기를 내다 팔아도 갚기 힘들다는 얘기였다. 시세가 얼마인지는 모르지만 대충 1억이 넘으리라 짐작되었다. 담배연기를 길게 내뿜는 멧돼지의 눈이 가느다래졌다.

"왜유, 설마 형님이 거시기하시게?"

"……."

"횟감한테 으리 지키시게? 하기야 한두 푼도 아니고 삥지친 거 다 아는데 이러다 형님까지 거시기 뭐시냐 포장…… 솔직히 저년은 포장도 안 되는디 그냥 거시기해서 목재로 넘기시든지. 덕분에 우리도 삽질 그만하면 좋고……."

그러니까, 실제로 돈을 수령한 건 박이명이고, 빚은 여자 명의로 돼 있다, 이 말이지? 멧돼지는 그에게 이제 그만 빚을 갚는 게 어떠냐고 종용하고 있었다. 여자가 계속 못 갚으면 그까지 장기를 떼이는 수가 있다, 그러느니 여자를 죽여서 팔아넘기는 게 어떻겠느냐. 어떻기는. 나는 네가 무서워 죽을 지경이지. 그는 테이블을 정리하는 척 멧돼지 앞에 있는 쇠꼬챙이들을 한 번에 쓸어 담았다. 어디까지나 불시에 공격을 당할까 봐 겁이 나서였다. 그런데 그가 쇠꼬챙이를 손에 쥐자마자 멧돼지는 점차 격앙되어 가던 말을 멈추고 움찔, 했다. 이놈 봐라. 그는 꼬챙이 중 하나를 골라 칼처럼 잡아 보았다. 멧돼지의 초점이 처음으로 한 군데에 모이는 것을 볼 수 있었다. 이런, 박이명은 멧돼지의 윗사람이었다. 그냥 나이 많은 형님이 아니라 서열이 높은 사람이었다. 아마도 사채와 관련을 맺고 있는 프리랜서 칼잡이였을 것 같았다. 그렇다면 '넘버'는 사채 회사가 아닐까. 살인도 서슴지 않는 무서운 사채 회사. 그는 꼬챙이를 연필처럼 빙빙 돌려 보았다. 멧돼지가 소주잔을 잡으며 넌지시 뒤로 물러앉았다. 너, 잘 걸렸다.

"너, 알바 안 할래?"

"뭔 또 알바를 해유. 저흰 법인체 직원이어유. 밖에 일 못하게……."

"통나무 두 개 값인데? 꺾기로 시마이하자."

솔깃했을 게 빤한데도 멧돼지는 거들먹거렸다.

"원래 영업하믄 절반인데……."

"네가 법무사냐?"

"아니니까 위험수당이 있어야지유. 6대 4는 돼야……."

그는 제일 날카로워 보이는 꼬챙이 하나를 손에 집어 들었다. 멧돼지가 소주 한 잔을 꺾더니 입을 스윽 닦았다.

"알겠어유, 형님이 모르는 사람도 아니고. 어떻게 하면 돼유……."

그는 꼬챙이를 내려놓고 말했다.

"이제부터 내 얘기 잘 들어. 그러니까……."

*

그는 교환원 일을 해 준 일이 있었다. 중소기업 사장에게 사채를 알선해 줬는데 이자가 꽤 밀린 것으로 알고 있었다.

어차피 그는 브로커였으므로 사장이 빚을 갚고 말고는 그와 무관했다.

이자도 못 갚는 아자씨가 순순히 거시기할까유?

내가 전화 한 통 하면 돼. 나만 믿어.

멧돼지는 채권자 똘마니인 것처럼 사장을 찾아가 연기를 했다. 이상한 게 무기인 사채업자 똘마니가 채권자 똘마니를 '연기'하니 더 이상해 보였다. 사장은 멧돼지의 침 흐르는 소리에도 오줌을 쌌다는 쫄따구의 보고가 있었다. 며칠 여유를 두었다가 그는 사장에게 직접 전화했다. '김대현'이 쓰던 전화번호였으므로 효과가 좋았다. 이자를 현금으로 당겨 주면 한 달 후 다른 곳에서 더 좋은 조건으로 돈을 빌릴 수 있게 해 주겠다, 단 그 돈으로 즉시 저쪽의 빚을 청산한다는 조건 하에. 사장은 주인의 손에서 개 껌을 발견한 애완견처럼 굴었다. 사장 입장에서는 위기를 탈출하면서 생색까지 낼 수 있는 기회였다. 브로커에게 총알을 대 주고 이권을 나눠 갖는 셈이니까. 현직 브로커이니 위험부담도 없다고 판단하는 게 정상이었다. '김대현'이 고작 2억 갖고 도주하거나 사기 칠 인간은 아니었다. 그는 실제로 '김대현'으로 복귀함과 동시에 사장에게 더 좋은 대출 조건을 소개해 줄 요량이었다. 한 달 후면 그럴 수 있었다. 아니, 늦어도 2주 내로는 그렇게 돼야만 했다.

멧돼지는 다음 날로 포장 돈을 받아 왔다. 사과 상자로 한

박스, 현금으로 2억. 멧돼지에게 절반을 떼 주고 옆방 여자의 신체 포기 각서를 폐기했다. 그는 이참에 여자가 빚은 물론 '눌러'의 망령으로부터 벗어나기를 진심으로 바랐다.

준비는 갖춰졌으나 운신이 쉽지 않았다. 어떻게 지피에스 기능이 차단된 복제 전화의 위치를 추적했을까. 그로서는 아무리 생각해 봐도 짐작조차 가지 않았다. 거북은 깜냥으로 때려 맞힌 거라고 단정 지었지만, 그렇다 해도 경찰서에 있었던 사실과, 우면동 아파트에 도착한 시점을 정확히 알았다는 게 이상했다. 미행은 아니었다. 미행과 살인을 동시에 할 수도 없고, 경찰서에 끌려간 것을 제 발로 걸어간 걸로 판단했으니 미행했다기에는 부정확한 면이 있었다. 전화기 외에 다른 추적 수단을 사용한 것일까.

압구정 아파트 살인 이후로 놈은 아무 때나 전화하고 있었다. 위치를 안다면 전화를 자주 할 이유가 없었다. 보통은 받는 것만 확인하고 끊었으므로 용건이 있는 것도 아니었다. 하지만 몇 번은 통화도 했다. 술에 취해 있었다. 말이 짧고 간헐적으로 이어지는 통화였다. 하고 싶은 말을 꾹꾹 눌러 참고 있음이 놈의 거친 숨소리에서 느껴졌다. 마치 오래전 헤어진 애인과의 전화처럼, 날카롭고 예민하고 아찔한 침묵이, 놈과 그 사이에 계곡처럼 가로놓여 있었다. 그럴 때마다 그의 머릿속에는 우주가 펼쳐졌다. 지구라는 행성을 먼지만큼 작게 만들어 버리는 우주 밖의 어떤 존재가, 놈과 그의 통화를 엿듣고 있는 것만 같았다. 박이명과 김대현이라는 인형을 지구 위에 올려놓고 저 먼 곳에서 십자가 손잡이를 조작하고 있는 어떤 존재.

"넌 내가 널 괴롭힌다고 생각하겠지."

그는 입을 다물고 있을 수밖에 없었다.

"난…… 난 너에게 교훈을 주려는 거야. 알겠어? 교훈 말이야."

놈의 말투가 저 먼 곳에서 내려와 있는 줄을 툭툭, 잡아당기는 것 같았다.

"넌 신의 가르침이 뭐라고 생각해? 신이 인간에게 뭘 가르치고 있다고 생각해?"

그러자 우주 저 바깥에 있는 신이 이곳을 향해 미소를 짓고 있는 듯 보였다. 인사인지 조소인지, 귀엽다는 건지 가소롭다는 건지 의도를 알 수 없는 웃음이었다.

"너한테 무슨 일이 일어난 거지? 왜 갑자기 천사처럼 행동하는 거야? 네가 뭐라도 된다고 생각하는 거야? 이 상황이 부당한 것 같아? 내가 부당하게 널 부려 먹는 것 같아? 근데 그거 알아? 아무도 너한테 명령하지 않는다는 거? 모든 명령은 네가 만든 거야. 나는 네가 원하는 명령을 대신 해 주고 있을 뿐이라고. 알아?"

신이 자신의 편이 아니라는 것쯤은 알 것 같다고 생각했다. 그는 신과 연결돼 있는 줄을 마음속으로 조용히 끊었다. 아무래도 신은, 그를 시험에 들인 것이 아니라 놈을 돕고 있는 거였다. 놈의 상상력은 전혀 윤리적이지 않아서 자유로웠다. 반칙하는 자가 룰을 지키는 자에게 승리하는 건 당연한 일이었다. 그는 「누가복음」 15장을 떠올리지 않을 수 없었다. 평생을 곁에서 일한 큰아들에게는 염소 한 마리 잡아 주지 않던 아버지가 창녀에게 재산을 탕진하고 돌아온 작은아들에게 살진 송아지를 잡아 잔치를 벌인다는 이야기. 큰아들이 항의하자 아버지는 대답한다. 너는 항상 나와 함께 있으니 내 것이 다 네 것이로되 이 네 동생은 죽었다가 살아났으며 내가 잃었다가 얻었기로 우리가 즐거워하고 기뻐하는 것이 마땅하다 하니라. 그게 끝이었다. 「누가복음」 15장에는 33절이 없었다. 큰아들이 아버지와 동생에게 무슨 짓을 했는지가 생략돼 있었다. 그의 임무는 15장 33절을 채워 넣는 것이었다.

그에게는 이제 거액이 있었다. 놈과 동등한 조건이었다.

그는 휴대전화 추적을 피하는 교환기를 장만했다. 기지국 전파를 대신 받아 그의 전화기에 되쏘아 주는 장비였다. 놈은 어떤 식으로도 그의 위치를 추적할 수 없었다.

놈도 자동차의 위치 추적기를 찾아내 떼어 냈다. 놈의 휴대전화는 회사와 집만 왔다 갔다 하는 것으로 잡혔다. 살인과 관련된 일을 할 때는 버리고 다닌다는 얘기였다.

압구정 아파트의 희생자는 평범한 대학생이었다. 학생이 혼자 비싼 아파트에 살고 있는 게 이상했다. 조사해 보니 본인 소유가 아니었다. 모 엔터테인먼트 회사가 임대해서 쓰고 있었다. 개인 정보를 검색해 보니 여학생은 전공이나 경력상 연예인 지망생과는 거리가 멀었다. 아무래도 누군가의 세컨드 같았다. 스폰서가 있는 여자는 몇 가지 공통점을 갖고 있었다. 통장에 부정기적으로 출처 불명의 돈이 들어온다거나, 과분한 집이나 차를 갖고 있다거나, 명품점이나 보석집의 브이아이피 고객이거나 했다. 두 번째 희생자인 모델의 사생활에서는 별다른 흠을 찾아내기 어려웠다. 카드 사용 내역을 보아도 사치나 허영과는 거리가 멀었다. 그건 이연도 마찬가지였다.

놈은 그의 이상형과 정반대의 스타일을 골랐을 뿐이었다. 본인의 성적인 취향이 주된 기준인 것 같지 않았다. 놈이 원하는 것은 게임에서 승리하는 것이었다. 승부를 위해서 개인의 욕망을 억제할 만큼 이성적이고 냉정한 놈이었다. 놈은 그로 하여금 예측하게 만들고, 그 예측을 배반하는 것에서 쾌감을 느끼고 있었다. 이번에도 심리전으로 그를 교란하려 들 것이 분명했다.

그는 놈의 바둑판 밖에서 놈을 무너뜨리기로 했다.

지금까지의 행적으로 보아 놈은 컴퓨터로 타깃을 선정한 후, 현장 답사하는 방식을 쓰고 있었다. 놈의 논리에 말려들 필요 없이 컴퓨터를 감시하면 간단하게 해결될 일이었다. 하지만 경찰청 사이트를 해킹할 정도의 실력을 가진 놈이었다. 온라인으로 놈의 컴퓨터를 엿본다는 것은 위장복을 입고 공중목욕탕에 들어가는 일이나 같았다.

그는 청계천과 세운상가 등지에서 필요한 물건을 현금으로 분산 구입했다. 차후에 경찰 추적을 피하기 위해서였다. 그는 물건들을 챙겨 청담동 집으로 직접 갔다. 엘리베이터가 없는 5층짜리 빌라의 꼭대기 층이었다. 감시 카메라는 외부에만 있었다. 첫날은 계단참 바로 밑 가와 부분에 어안렌즈를 부착하고 돌아왔다. 손가락 한 마디만 한 크기에 움직임 센서가 내장돼 있어 피사체가 있을 때에만 작동하도록 설계돼 있었다. 이틀 뒤 카메라와 무선 저장기를 수거해 확인해 보니 놈이 디지털 도어록의 비밀번호를 누르는 장면이 고스란히 담겨 있었다.

시큐리티 시스템이 남아 있었다. 놈은 집을 차지하자마자 단말기와 카드키를 교체한 모양이었다. 그러거나 말거나 그는 비밀번호를 누른 다음 현관문을 그냥 열었다. 무음 경보가 발효되었고, 잠시 후 시큐리티 업체에서 유선전화를 걸어왔다. 그는 전화도 그냥 받았다. 실수로 잘못 열었다고 말하자 업체직원은 그의 주민등록번호와 전화번호를 물어 왔다. 그가 '김대현'의 신원을 능숙하게 대는 동안 업체에서는 성문(voice-print)을 분석했겠지만 쌍둥이의 차이를 감지할 만큼 정밀한 시스템이 아님을 그는 알고 있었다.

소형 카메라를 모니터가 잘 보이는 곳에 심었다. 혹시나 싶어 거실 소파 위에도 하나 설치했다. 무선 수신기의 수신 영역은 100미터 반경이었다. 수신기를 옥상의 작은 창고 안에 집어넣은 다음 다른 집 무선 인터넷 공유기에 연결했다. 놈의 컴퓨터와는 전혀 연결돼 있지 않았으므로 추적당할 가능성은 제로였다. 반면 인터넷에 연결됐으므로 그는 집에서 편안하게 놈의 작업을 엿볼 수 있었다.

건물을 떠나기 전 그는 집 안을 둘러보았다. 집 안의 모습은 징그러울 정도로 달라진 게 없었다. 환경마저도 똑같이 유지할 정도로 놈은 철저했다. 그 철저함이 이질감으로 다가왔다. 아무것도 바뀌어 있지 않았지만 모든 것이 변해 있었다. 그는 이미 예전의 그가 아니었지만 그의 일상은 녹화된 영상처럼 계속되고 있었다. 현관에 비친 자신의 모습이, 처음 보았을 때 놈의 그것처럼 생소했다. 거울 속 남자가 '김대현'을 되찾으면 이 집은 전혀 다른 모습이 될 거였다. 놈을 기억하게 만들 풍경을 그는 단 하나도 남겨 두지 않을 작정이었다. 놈을 제거하는 순간 과거의 그도 놈과 함께 영원히 사라지는 거였다. 그는 그 생각에 한동안 현관을 떠나지 못하고 서 있었다. 무언가의 마지막을 본다는 것은 어떤 경우건 쓸쓸한 일임을 알았다.

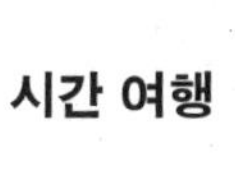
시간 여행

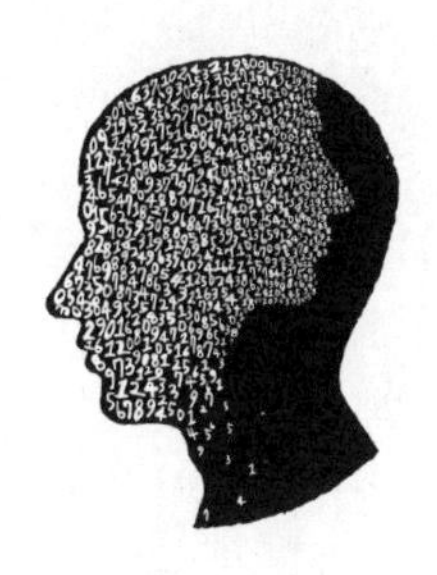

그는 방검복, 방독면, 막대형 전기 충격기, 그물 총, 수갑을 샀다. 가스총과 대검도 구했다. 가스총은 6연발 리볼버였다. 첫 발은 공포탄이었고 나머지 다섯 발은 실탄이었다. 몸에 대고 쏘면 치명상을 입을 수도 있어요. 아예 탄알을 맞춰서 넣어 줄 수도 있는데……. 어떠요? 멧돼지는 슬쩍 웃으며 말했다. 대검은 미국산 군용 제품이었다. 세 개의 면이 쐐기 모양으로 합쳐진 앞부분은 초보자도 손을 다치지 않고 쉽게 찌를 수 있는 구조였다. 뒷부분에는 교묘하게 홈이 나 있어 몸에 박힘과 동시에 공기가 들어가 칼이 잘 뽑히게 설계돼 있었다. 경찰청 허가서가 필요한 총과 칼 이외에는 인터넷에서도 쉽게 구할 수 있었지만 그는 흔적을 남기지 않기 위해 모든 제품을 밀수품으로 마련했다.

옆방 여자는 며칠째 조용했다.

처음에는 놈을 현장에서 붙잡아 경찰에 신고할 생각이었다. 그러나 그냥 죽여야겠다고 마음먹자, 그녀도 쥐죽은 듯 조용해졌다. 방에 틀어박혀 나오지 않았다. 뭔가 눈치챈 것 같았다. 여자의 본능적인 직감이 무서웠다. 어쨌거나 그로서는 잘된 일이었다. 방해받지 않고 계획을 짤 수 있었다.

그를 클리너로 훈련시킨 건 놈의 실수였다. 덕분에 그는 놈을 매우 냉정하게 처치할 수 있을 것 같았다.

그는 놈과 자신의 지갑을 바꾸고 청담동 집으로 가 숙면을 취한 다음 회사에 출근할 계획이었다. 옆집의 시체는 보통 한 달 뒤에 발견된다. 몇 달 뒤에 신원을 알아볼 수 없을 만큼 부패해서 발견되기도 한다. 그러니까 운이 좋으면 경찰은 그를 찾아오지 않을 수도 있었다. 만약 찾아온다면 그는 그제야 자신과 똑같이 생긴 남자의 존재를 알고 깊은 정신적 충격을 받을 요량이었다. 그가 병원에서 치료를 받는 동안 지금까지의 모든 범죄는 박이명의 소행으로 밝혀지고 그것으로 그의 클리너 경력도 깨끗이 클리닝될 예정이었다. 선량한 시민과 살인마가 공범인 것은 사회를 위해서도 좋지 않다. 그래서는 그 누구도 쉽게 정의를 믿을 수 없는 것이다.

이번 일을 계기로 그는 누구든 상대방을 쉽게 죽일 수 있다는 사실을 알았다. 원한에 찬 골방 백수에게 텔레비전은 공짜로 살인을 가르쳐 주는 기계나 다름없었다. 하루에도 수백 가지 살인의 기술과, 수십 가지 증거 인멸 방법이 소개되었다. 인터넷과 소셜 네트워크는 만인의, 만인을 향한 감시 시스템이었다. 굳이 해킹하지 않아도 몇 시간이면 당신의 신원, 거주지, 동선, 생활 습관을 낱낱이 알아낼 수 있다. 인터넷으로 당신의 마음은 못 얻어도, 당신의 생명은 쉽게 빼앗을 수 있는 것이다. 하필 당신을 택해 죽일 이유가 없을 뿐이다.

놈은 퇴근 후 혼자 저녁을 먹은 다음 모니터 앞에 앉아 네다섯 시간을 보냈다. 그는 놈이 작업하는 모습을 지켜보다가 종종 기시감의 습격을 받곤 했다. 거울 속의 풍경. 다시 풍경 속의 거울. 모니터 속의 모니터를 들여다보다 놈의 뒤통수에 시선이 꽂히면 갑자기 머리털이 곤두서며 뒤를 돌아보게 되었다. 한 번 그런 일이 생기면 섬뜩지근한 기분이 쉽게 사라지지 않았다. 그로서는 놈의 모니터를 들여다보는 일보다 놈의 뒤통수를 안 보려고 노력하는 게 더 힘들었다.

놈은 어떤 별장을 범행 장소로 물색한 모양이었다. 주변의 지형지물과 건물 설계도를 꼼꼼히 검토하는 장면이 포착되었다. 정체를 추적해 보니 양평 쪽에 있는 개인 별장이었다. 소유주는 모 엔터테인먼트 회사로 돼 있었는데 지난번 아파트를 전세 내고 있었던 회사와는 다른 회사였다. 왜 기획사가 개입해 있는 것일까. 그는 주로 정·재계 인물들과 상대해 왔지, 연예계와는 별다른 관련을 맺은 일이 없었다. 그건 강 사장도 마찬가지였다.

이상하다고 생각하고 있는데 놈이 소파로 자리를 옮겼다. 누군가에게 전화를 걸어 별장에서 만나자고 시간 약속을 했다. 아무래도 사냥에서 유인으로 전략을 바꾼 것 같았다. 기획사와 연줄이 있는 것처럼 가장해서 젊은 여성들의 허영심을 자극하고 있는지도 몰랐다. 죽은 여가수와 세기의 사랑을 나눈 증권 브로커가 연예계 진출을 돕는다면 어떨까. 낭만밖에 모르는 여성이 드물듯, 실리만을 추구하는 여성도 찾기 힘들다. 하지만 두 가지가 한꺼번에 온다면? 과연 넘어가지 않을 여성이 있을까?

그는 머릿속으로 시간과 순서를 타진해 보았다.

놈이 여자와 함께 별장에 들어간다. 인적이 드문 곳이므로 놈은 여자를 맘 놓고 겁탈한다. 그리고 한 시간 내로 여자는 생에서 가장 끔찍한 기억과 함께 살해된다.

미안하지만 강간을 막을 방법은 없다. 강간을 하지 않으면 놈을 현행범으로 잡을 수 없기 때문이다. 여자를 살릴 수는 있다. 몇십 분 뒤에 쫓아 들어가 여자의 몸을 찍어 누르고 있는 놈을 전기 충격기로 기절시킨다. 실패하면 가스총과 진압봉으로 제압한다. 수갑을 채워 마지막으로 딱 한 가지만 물어본 후 죽일 계획이었다.

여자는 그 모든 광경을 목격하겠지만 그의 살인을 눈감아 줄 것이다. 그가 도와주지 않았으면 자신은 이미 죽고 없었을 게 아닌가. 그에게 고마움을 표시하기 위해 증언하지 않거나 위증하는 게 사람의 도리다. 하지만 과연 그렇게 될까?

천만에. 만만의 말씀.

인간은 누구나 배은망덕하다. 과거는 과거고, 지금은 지금이다. 죽을 게 뻔한 것도 억울한데 살인 방조나 위증죄 혐의까지 질 이유는 없다. 여자는 범인과 똑같이 생긴 남자가 범인을 죽였다고 증언할 것이다. 놈의 말대로 그는 정의를 위해 살인범과 맞서 싸우는 영화 속 주인공이 아니었다.

그는 여자가 살해당한 후에 들어갈 예정이었다. 놈이 작품 활동에 골몰해 있는 동안 습격해 제압하고 처치한다. 몸싸움이 벌어져 살점과 피가 떨어지더라도 남는 유전자 정보는 하나뿐이다.

그렇다면 누가 놈을 죽였을까?

멧돼지다. 멧돼지는 여자를 '먹게' 해 주겠다는 '박이명'의 말에 홀려 범죄에 동참했다. 밀수품을 구해 준 대가로 박이명으로부터 룸살롱 향응까지 제공받았다. 고작 며칠 전의 일이니 멧돼지도 그 사실은 잘 기억하고 있을 것이다. 매춘부와 뜨거운 밤을 보낸 호텔 방에 잠입해 그가 자신의 음모와 정액을 채취했다는 사실을 모를 뿐이다. 그는 사정 시기를 조작하기 위해 멧돼지의 정액을 급속 냉동하여 보관해 두었다. 정액은 실온 상태로 되돌려진 후 죽은 여자의 음부에 주입될 거였다. 멧돼지가 박이명을 왜 죽였는지는 알 수 없지만 충동적인 살해 후에 매우 당황한 것만은 분명하다. 멧돼지는 자신이 직접 구입한 무기 중 일부를 별장에 그대로 내려놓은 채 도주할 예정이었으니까.

바가지로 팔아넘기긴 했지만 멧돼지가 제공한 대포 차는 성능이 좋았다. 액셀러레이터를 조금만 밟아도 속력이 금방 붙었다. 그는 별장으로 가는 국도에서 순간적으로 차를 가속시켜 제한속도를 넘겼다. 과속 감지 카메라가 환영한다는 듯 기념 촬영을 했다.

번쩍.

이연이 그와 사진을 찍지 않으려 했던 것을 그는 기억했다. 3년을 만나면서도 그들에게는 그 흔한 휴대전화 커플 사진 한 장 없었다. 언젠가 톱스타가 될 그날이 두려워, 그녀는 모든 것을 조심하면서 살았다. 그녀의 일상은 올지 안 올지도 모르는 불확실한 미래에 성가시게 저당 잡혀 있었다. 그는 딱 한 번, 그녀의 휴대전화 앨범에서 남자 지인들과 찍은 사진을 보고 불평을 했다.

"그 사람들이랑 당신이랑 같아?"

"다르니까 나랑은 더 많이 찍어야지."

"「도그빌」이라는 영화 본 거 기억 안 나?"

"아, 「도그빌」. 그러니까, 어떤 장면?"

"여주인공 이름이 뭔데?"

"아, 뭐더라……."

"나랑 제일 닮은 여배우라더니 기억 안 나니?"

"……."

그가 약속 장소에 차를 갖다 대면 그녀는 언제나 뒷좌석에 올라탔다. 차가 속도를 내면 그제야 신발을 벗고 앞으로 자리를 옮겼다. 그럴 때 그녀의 표정은 놀이터 놀이기구를 타는 어린애의 그것 같았다. 스타킹 올이 나가고 스커트 트임이 찢어져도 뒷좌석에 타기를 고집했다. 그녀는 분명 그런 행위를 즐기고 있었다. 톱스타를 흉내 냄으로써 자신이 톱스타가 아니라는 사실을 확인하지 않으려 했다. 진정으로 두려운 것은 무관심이었다. 그와 공개적으로 다녀도 아무 스캔들도 나지 않는다면. 사진이 유출되건 말건 아무도 보도하지 않는다면.

"다른 사람들이 못 알아보게 찍으면 되지."

"어떻게?"

"얼굴이 안 보이게 뒤통수만 찍는다든가."

"그게 무슨 의미가 있어?"

"사람들은 모르겠지. 하지만 우리는 알잖아."

그녀의 미간이 잠시 꿈틀거렸다.

"그러니까 우리만 알게 찍자 이거지? 야하게?"

야하게 찍을 생각까지는 없었지만 그는 고개를 끄덕였다.

찰칵.

어느 날 그와 그녀는 거실 창 앞에 나란히 서 있는 뒷모습을 찍었다. 전면 창 바깥으로 해가 희붐하게 떠오르기 시작한 이른 아침이었다. 처음 찍은 사진은 노출이 맞지 않아 까맣게 타 버렸다. 역광으로 촬영하면 검은 실루엣만 남는다는 것을 알았다. 둘이서 옥신각신 연구해서 겨우 몸 생김이 드러나게 카메라를 조작했을 때에는 해가 완연히 떠올라 있었다. 한강변의 전경을 함께 찍겠다는 애초의 계획은 눈부신 빛무리에 깨끗하게 지워졌다. 텅 빈 화면 위에 살색의 굴곡만이 선명했다. 그가 잘 안다고 생각했던 그녀의 몸은 그곳에 없었다. 곁에 서 있는 남자의 육체는 생소했다. 허리를 두른 두 남녀의 모습이 자꾸만 멀어졌다 가까워졌다. 한 쌍의 나체가 힘센 물고기처럼 프레임과 팽팽한 긴장을 유지하고 있었다. 언제든 정지된 자세에서 벗어나, 햇살 속으로 풍덩 헤엄쳐 사라질 것 같았다.

그녀가 어느 순간 낯설게 보일 때마다 그는 그 사진을 떠올렸다. 사진 속에 있는 그들의 뒷모습을 떠올리기만 해도, 자잘한 이질감과 엇갈림의 무늬가 하얗게 표백돼 버리곤 했다. 뒷모습을 공유했다는 은밀한 유대가 언제나 그와 그녀 사이에 중력처럼 존재하고 있었다.

놈이 그녀를 어떻게 생각했건, 그와 그녀의 관계에 대해 얼마나 많이 알고 있건, 당사자가 아니면 지울 수도 되살릴 수도 없는 기억이 세상에는 있게 마련이었다. 그가 놈에게 죽임을 당한다면 그의 기억도 같이 죽는 거였다. 그 기억이 타인의 소유가 될 가능성은 전혀 없었다. 그 사실이 그를 한없이 의기양양하게 만들었다.

철컥.

그는 핸들을 잡은 채로 가스총의 장전을 확인했다. 한 손에 크지도 작지도 않게 쥐이는 손잡이의 감각이 믿음직스러웠다.

*

이미 한번 와 본 곳이었으나, 그는 별장으로 오르는 언덕 앞에서 미시감을 경험했다. 혹은 며칠 전 처음 왔을 때의 시간이 반복되고 있는 것도 같았다. 여자의 클리토리스를 닮은 지형이라고 생각했다. 그때처럼 200미터 정도 가파른 길을 오르면 누구나 접근할 수 있다는 게 오히려 무섭다고도 생각했다. 쉬워서 불안한 경우도 있는 거였다. 그 별장이 꼭 그렇게 생겨 먹어 있었다.

담장이 없어서 건물들이 노출돼 있었다. 부메랑 모양의 둔덕 밑 중앙에 2층 양옥으로 지은 본채가 있고, 양쪽에 민박집 구조의 1층 건물 두 채가 등을 돌리고 엎드려 있었다. 사원 복지시설로 등록해 놓고 개인 별장으로 쓰는 전형적인 경우였다. 워크숍을 하면 사장은 저택에 묵고, 직원들은 가건물에 수용되는. 며칠 새 달라진 건 없었다. 바람 한 점 없이 뜨거운 날씨조차 똑같았다. 마당에 주차된 벤츠조차 어디선가 본 것인 양 낯익었다.

그가 마당 한가운데에 해시계 바늘처럼 멈춰 선 시간은 오후 3시였다. 놈과 여자의 약속 시간이 한 시간가량 지나 있었다. 강한 햇빛과 습한 공기에 눌려 짐승의 울부짖음도 묻힐 것 같은 한낮이었다. 주변에는 야산뿐, 민가는커녕 사람이 지나다닐 만한 길 하나 눈에 띄지 않았다. 열려 있지만 고립된 공간이나 다름없었다. 폭탄 따위가 떨어진다 해도 관심을 끌 것 같지 않은 곳이었다.

놈은 네 번째 희생자와 함께 집 안에 있었다. 그의 손에 들린 피디에이가 그 사실을 알려 주고 있었다. 오차 범위까지 감안하더라도 이곳 어딘가에 있는 것만은 분명했다.

비 막이 처마에 붙여 놓았던 일체형 몰카를 수거했다. 몰카에 찍힌 대로 비밀번호를 누르고 문을 열었다. 소리가 나지 않게 주의하며 안으로 진입했다. 청각에 온 정신을 집중하며 벽에 붙어 이동했다. 1층에서 나는 소리라곤 그의 숨소리뿐인 것 같았다. 간헐적인 울부짖음이 들려오는 곳은 아무래도 2층인 듯했다. 놈은 여자를 아직 죽이지 않은 모양이었다. 강간을 하고 있거나, 죽이고 있는 중이었다. 그는 ㄷ자로 꺾이는 계단의 하단을 살금살금 올랐다. 소리가 점점 커지는 느낌이었다. 계단 중간의 터닝포인트를 앞두고 그는 어정쩡하게 멈춰 섰다. 한창 여자한테 정신이 팔려 있을 때 놈을 공격하는 게 최선이었다. 하지만 지금 놈과 맞붙으면 여자가 목격하게 된다. 그렇다고 작업이 다 끝날 때까지 기다리면 놈은 그와 똑같은 조건이 된다. 자유로운 몸과 마음으로 도전자를 기꺼이 받아들일 거였다. 칼이 빠를까, 아니면 가스총이 빠를까, 고민하다가 그는 조급증이 들었다. 이러다가 기회를 놓칠지도 몰라. 당장 놈을 덮쳐야 해. 하지만 여자는? 여자가 보는 앞에서 놈을 죽여? 왜 안 돼?

계단을 오르락내리락했지만 그는 오래 고민하지 않았다. 안 될 것 없었다. 놈부터 죽인 다음, 여자도 죽여 버리면 그만이었다. 무엇보다 몹시 머리가 아팠다. 누군가 뇌를 양쪽에서 잡아당기는 것 같았다. 조금만 시간을 지체했다간 뇌간의 신경이 죄다 끊어질 것 같았다. 그는 터닝포인트를 지나 2층에 발을 올려놓았다. 파도처럼 출렁거리는 2층 복도를 건너 소리가 새어 나오는 방문 앞에 섰다. 오랜만에 심장이 뛰고 있음을 자각하며 방문 손잡이를 천천히 돌렸다. 문이 열림과 동시에 그는 머릿속이 텅 비어 버렸다.

철퍽.

바닥에 떨어진 것은 그 자신의 뇌였다. 그는 그것도 모르고 발을 내디뎠다가 자신의 뇌를 밟고 말았다. 뇌는 형편없이 으깨졌고, 그는 미끄러져 넘어질 뻔했다. 이리저리 휘청거리다 겨우 균형을 잡은 그를 주시하는 사람은 꼰대였다. 뇌를 잃어버린 그는 꼰대가 누구인지 알아보지 못했다. 꼰대는 간이 사다리에 몸이 묶인 채 벌벌 떨고 있었다. 꼰대의 뒤에는 벽 한 면을 온전히 차지하고 있는 거대한 책꽂이가 있었다. 가지런히 꽂힌 수천 권의 책과 겁에 질린 뚱뚱한 사내는 어울리지 않았다. 그는 꼰대에게 다가가 입에 붙어 있는 테이프를 떼어 냈다. 왈왈왈왈왈. 갑자기 말문이 트인 사내는 숫제 개 짖는 소리를 냈다.

"대체 뭐라는 겁니까?"

"사, 사, 사, 사, 살려 달라고."

"내가 당신을 왜 죽입니까?"

공포에 질렸던 꼰대의 눈빛이 말끔해졌다.

"현명한 선택이야. 난 자네가 날 버리지 않을 줄 알았어!"

소리치더니 꼰대는 이내 권위적인 말투로 말했다.

"자, 어서 풀어 줘야지. 뭘 하고 있어?"

그는 자신이 뭘 하고 있는지 알 수 없었다.

"걱정하지 말게. 이 일은 없던 걸로 할 테니."

"……."

"근데 자네 복장이 그새 바뀌었네?"

"……."

"대체 왜 이러나? 바라는 게 뭔가?"

"……"

"뭣 때문에 이러는 거야?"

"……"

그가 아무 말도 하지 않자, 꼰대는 타이르는 말투가 되었다.

"자네가 총대 매느라 맘 고생한 거 알아. 하지만 결과적으로 더 잘됐잖아. 걱정할 것 하나도 없어. 영감들이 조심하느라고 돌다리 두드리고 있을 뿐이야. 사업은 예상대로 진행될 거다. 주가도 다시 오를 거고."

"……"

"자네의 이번 발상은 천재적이었어. 목숨을 건 사랑이라니. 어떻게 그런 깜찍한 생각을 했나? 이제 와서 하는 말이지만 우리 모두 자네 칭찬을 많이 했다네. 역시 내가 사람 보는 눈이 있지."

"……"

"그래. 그런 사이코를 선택한 건 자네 실수지. 그렇다고 우리가 자네를 내칠 것 같나? 천만에! 이래서 보험이라는 게 필요한 거야. 우리는 모두 핵폭탄 하나씩을 나눠 가졌어. 우리가 쏜다 한들 자네라고 가만 있겠나? 다 같이 살든지, 다 같이 죽는다. 그게 사업이야!"

"……"

"그놈이 누구냐고 자네한테 묻지 않는 걸 보면 모르겠나?

영감들이 정말 그놈 하나 못 잡아서 가만 있는 줄 알아? 대한민국 경찰은 말이야, 인력이 부족한 것만 빼면 세계 최고야. 특수 수사대가 나서면 그깟 놈 이틀이면 잡아 올 수 있다고. 근데 왜 안 잡을 것 같나?"

"……."

"발상을 전환하게. 자네 특기잖아. 미안한 얘기지만 놈이 그럴수록 우리는 더 좋아. 제2, 제3의 뇌관이 나올 가능성이 아예 없어지잖아. 우리가 차마 못하는 일을 놈이 대신해 주고 있는 거지. 어차피 사이코패스는 여자만 죽이게 돼 있어. 우리와는 상관없어. 아니지. 덕분에 우리는 더 안전해지고 있지."

"……."

"표정이 왜 그래? 혹시 뇌관이 모두 제거되면 우리의 신용이 사라질까 봐 걱정하고 있나? 그럴 리가. 이건 연쇄살인 사건이야. 훨씬 더 큰 폭탄이 되는 거지. 우리는 더 공고해질 거야. 우리 중 아무도 서로를 배신 못 해!"

무슨 뜻인지 알아들을 수 없었지만 그는 꼰대를 풀어 주려고 했다. 그런데 그가 가까이 다가서는 포즈를 취하자 꼰대는 안심했는지 쓸데없는 말을 내뱉었다.

"대단한 여자이긴 했지. 사실 난 자네를 질투했다네. 아, 그 여자 몸은 정말이지……."

꼰대는 최상급 회를 맛본 미식가처럼 입맛을 다셨다. 그는 머리에 강한 통증을 느껴 뒤돌아섰다. 바닥에 흩어져 있던 뇌수가 수천, 수만 마리의 지렁이로 되살아나 있었다. 지렁이들은 가공할 만한 속도로 움직여 그의 몸을 타고 오르는 중이었다. 입과 코와 귓구멍을 뚫고 들어가 머릿속을 다시 채우기 시작했다. 끔찍한 고통에 그는 온몸을 꺾고 비틀었다. 지렁이 떼가 저마다 꼬물대고, 서로 맞비비고, 틈과 틈 사이를 파고들면서 그의 기억을 재구성하고 있었다.

"둘이서…… 잤단 말이야?"

그가 몸부림을 치거나 말거나 꼰대의 말투는 차분했다.

"우리는 여자와 자는 게 아니야. 우리의 신용과 자는 거지."

지렁이 떼가 꿈틀대는 소리에 그는 꼰대의 말을 잘 알아들을 수 없었다.

"크게 말해. 누구랑 잤다고?"

"새삼스럽게 왜 이러나. 자네도 다 동의한 일이잖아."

"크게 말하라고."

"그런 치사한 년은 죽어도 싸. 과분한 대가를 받고도 불평하는 것들. 창녀 주제에 대우 좀 해 주면 지가 공주인 줄 알지."

"……."

"물론 그년이 잘한 것도 있지. 자네를 알게 해 준 거."

"무슨 소리를 하는 거야?"

"죄책감 느낄 것 없어. 여자 덕을 봤다고 생각하나? 이거 봐. 우리한텐 사람 보는 눈이 있어. 그 여잔 자네가 아니었어도 그렇게 살았을 거야. 자넨 그 여자가 아니었어도 성공했을 테고."

"대체 무슨 소리를 하고 있는 거냐고?"

그는 자리에서 일어나 꼰대에게 총을 겨누었다. 어느새 머릿속에 가득 찬 지렁이들이 자가 증식하고 있었다. 꾸덕꾸덕 불어난 지렁이가 척수를 통과해 그의 온몸으로 번지고 있었다. 난 너에게 교훈을 주려는 거야. 지렁이 수백 마리가 놈의 말투를 흉내 내어 일제히 말했다. 내가 왜 죽었는지 혹시 알아? 지렁이 수천 마리가 그녀의 목소리를 흉내 내어 일제히 속삭였다. 그는 바닥에 총을 떨어뜨렸으나 그건 그의 의지가 아니었다. 이제 그는 지렁이 떼의 의지대로 움직이고 있었다. 어깨를 통과해 팔을 거쳐 손가락 마디마디까지 파고드는 지렁이들의 명령에 의해서 그는,

허벅지에 차고 있던 대검을 뽑아 들었다.

한 치의 망설임도 없이, 묶여 있는 꼰대의 명치에 날카로운 삼각 날을 꽂아 넣었다.

Code Number

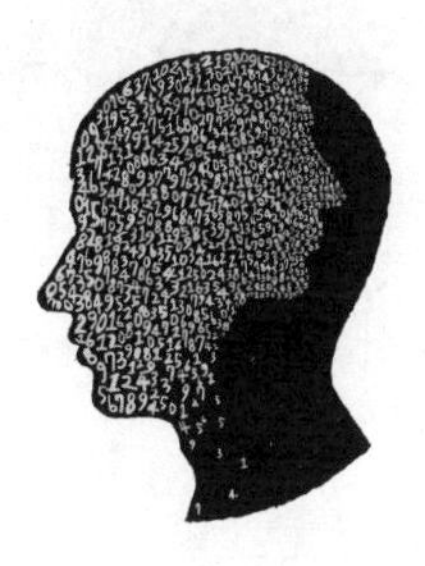

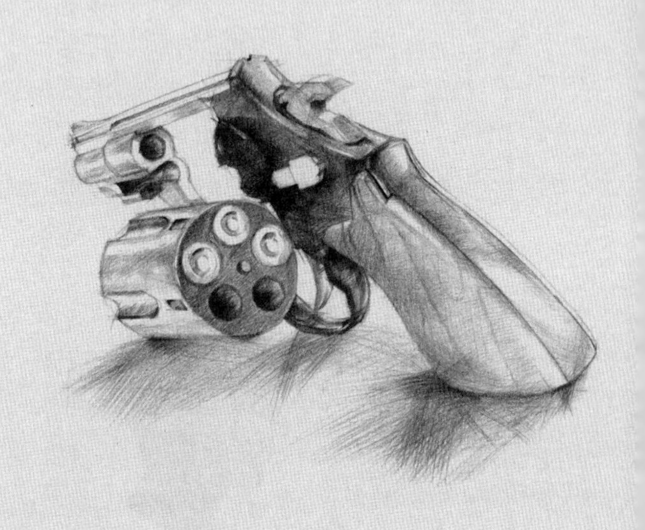

그들이 전화를 하면,

너는 여자를 죽인다.

누구건 상관없다. 넌 누구든 죽일 수 있다. 타이밍은 허수다. 네가 언제, 어떻게 죽이건 그들은 신경 쓰지 않을 것이다. 사실 처음부터 규칙 따위는 없었다. 너로 하여금 규칙이 있다고 믿게 하는 것만이 중요했다. 규칙의 존재를 믿어야만 너는 네 일을 더 잘 해낼 것이기 때문이었다. 네가 규칙을 믿기만 하면, 규칙은 언제나 너를 위해 존재할 것이니, 너는 너 이외의 규칙을 결코 섬기지 말라, 할렐루야.

오래전부터 내 머릿속에는 규칙이 존재해 왔다. 나는 그 규칙이 보편적으로 옳은 것임을 의심해 본 적이 없었다. 어느 순간 내가 살인을 꿈꿀 때마다, 그 꿈에서 최대한 빨리 깨어나려고 애썼지. 어쩌면 내가 죽인 게 아닐까 오랫동안 의심하면서 살았다. 생각해 봐. 하필 내 성기를 물어뜯은 여자애가, 이빨이 죄다 뽑혀 살해당했다니, 너라면 이상하지 않았겠어?

나는 어릴 적부터 스트레스를 받으면 기억을 한 다스씩 잃어버리곤 했다. 뭔가가 떠오르지 않는 건 기억상실도 아니다. 그걸 잊었다는 사실조차 잊어서, 기억해 내려는 시도조차 못해야 진정한 망각이라고 할 만하지. 그 애가 살해당한 무렵의 기억도 나에게는 어둠이었다. 어디까지가 어둠인지 알 수 없는 그런 어둠. 그 애가 아닌 다른 사람을 내가 죽였다 해도 놀라울 이유는 없을 것 같았지.

그 사실을 안 뒤부터 나는 밤마다 꿈을 꾸었다. 꿈속에서 나는 그 애의 이를 뽑고 있었다. 매일 밤 조금씩 달랐지만 언제나 현실보다 구체적이었다. 어찌나 구체적인지, 꿈인 줄 알면서도 꿈임을 의심해야 했다. 아무리 생생한 기억도 변하게 마련인데, 꿈속에서 망각된 그날을 보고 있는 게 아니라고 어떻게 확신할 수 있었을까. 망각이 나의 모든 꿈을 집어삼키고 있었다. 그때까지만 해도 나의 망각은 나의 꿈을 꿈속에 가두어 놓을 만큼 충분히 깊고 넓었다.

그러나 점점 꿈을 꾸는 일이 없어졌지. 꿈을 꾸지 않았다기보다는 꿈을 꾸었다는 사실조차 잊어버렸다는 게 더 옳을 것이다. 꿈 없는 잠을 자면서부터 나는 문제없는 아이로 성장했다. 나는 망각하면서 성장했으므로, 나의 성장 과정을 기억할 도리가 없다. 그것은 타임머신을 타고 미래의 어느 날에 뚝 떨어져 버린 것 같은 성장이었다. 모월 모일의 침대에서 눈을 떠 보면 하루 분의 따분한 숫자들이 나를 견고하게 둘러싸고 있었다. 그런 아침이 다음 날에도, 그다음 날에도 반복되었다. 나는 하루하루를 과거에서 날아온 사내의 첫날처럼 살아 내고 있었다. 타임머신의 티켓은 언제나 편도였고, 망각은 일수 이자처럼 매일매일 새롭게 부과되었다. 너를 만나기 전까지는 언제까지나 그럴 것 같았다.

정말, 한 번도 들키지 않을 줄 알았니?

너를 처음 보았을 때, 내 온몸에 퍼지던 감각을 잊지 못한다. 눈에 보이지 않을 만큼 작은 혀들이 내가 가진 모든 혈관의 벽을 핥고 지나간 것 같았지. 내가 본 건 나의 얼굴도, 나와 똑같이 생긴 누군가의 얼굴도 아니었다. 나는 너의 얼굴 속에 살아 있는 나의 꿈을 보았다. 그 순간 나의 두뇌가 왜 그토록 오랫동안 많은 것을 잊고 살았는지 알았다. 너는 나의 망각된 과거이자, 기억으로 충만한 미래였다. 나는 너로 채워지기 위해 비어 있어야만 했던 것이지. 나를 발견한 건 너였지만, 너를 계획한 건 나였다.

처음에는 단지 시체를 보고 싶었다. 부검대에 오른 나무토막 말고, 갓 숨이 끊어진 싱싱한 시체. 딱 한 번만 그 시체를 온몸으로 느껴 보고 싶었지. 너는 이 사건이 터지기 전의 네 작품들을 잊고 만 모양이지. 내가 너를 얼마나 숭배하는지도 모르고 있을 테고 말이야. 너의 희생자를 처음 보았을 때 나는 깊이 매료되고 말았다. 그때의 나는 평범한 증권 브로커에 불과했지만 네 작품의 가치는 금방 알아챌 수 있었지. 너의 세련된 칼자국에서 샘솟던 그 열정적인 죽음의 냄새라니. 살아 있는 사람에게서는 한 번도 그토록 강한 생명력을 느껴 본 적이 없었다. 네가 잘라 놓은 다리를 보았을 때는 인류가 추구해 온 모든 미가 하찮아지는 순간을 경험했지. 왜 사람들이 아름답다고 말하는 여자를 골라야 하는지 이해했어. 2센티미터의 두께로 근육을 감싸고 있는 그 고른 지방질. 완벽한 진공의 상태로 어둠 속을 채우고 있었을 탄력 있는 근육과 새하얗다 못해 푸르스름한 빛을 내뿜는 뼈의 단면이라니. 네가 작품을 완성해 나가면서 느꼈을 감각과 감정들을 상상하느라 내 삶의 공백은 완전히 사라졌다. 네가 그녀를 죽인 건 한 번이었지만, 나는 열 번이고 스무 번이고 다시 죽일 수 있었지. 살인을 할 때마다 너는 나의 끝없는 꿈을 새로 쓰고 있는 셈이었다.

너는 모든 게 나와는 무관하다고 생각했겠지. 어느 날 너에게 배달된 전화기. 그리고 네 군번으로 걸려온 전화. 너는 수많은 음모를 상상했을 거야. 너에게 '넘버'라는 비밀 조직에서 발행한 살인 면허가 주어졌으니까. 살인을 관리하는, 죽음에 대한 공포로 세상을 통치하는 권력자들이 있다고 믿었겠지. 뭐하러 그런 조직이 필요할까? 세상에는 이미 수많은 죽음이 존재하고, 권력은 죽음이 있다는 사실을 숨기지만 않으면 그만이다. 예나 지금이나 공포를 바라는 건 대중이다. 그들에게는 유행에 맞는 옷차림처럼 항상 새로운 공포가 필요하다. 연쇄살인을 두려워하는 동안에는 에이즈를 걱정하지 않는다. 에이즈 음성 판정을 받으면 종말론을 믿으면 된다. 심판의 날이 지나가면 식품 첨가제나 방사능의 위험이 그들의 공포를 지켜 주겠지. 공포가 없는 사회야말로 가장 공포스러운 사회다. 공포에 굶주린 사람들은 메뚜기 떼처럼 온갖 것들을 갉아먹을 것이다. 그들은 사랑도, 가족도, 심지어는 공권력조차도 위험하다고 의심할 거야. 나날이 증가하는 의심 속에 국가는 붕괴하고 말겠지.

그러니까 넘버라는 조직이 영 허풍이었던 것은 아니야. 말하자면 우리는 살인을 통해서 사회의 안녕에 기여해 온 셈이지.

규칙을 어긴 건 미안해.

타깃을 정한 건 촌스러운 짓이었어. 인정해. 하지만 나는 그녀를 꼭 죽여야 했거든. 너를 무시하려던 건 아니었어. 내가 널 어떻게 무시하겠어. 넌 나의 가장 위대한 스승이자, 영원한 오마주의 대상이다. 난 너를 뛰어넘으려 했던 것이 아니야. 다만 너한테 칭찬받고 싶었지. 그러려면 단순한 모방으로는 부족했다. 창의성 없는 오마주는 오마주도 아니니까. 더도 덜도 말고 딱 한 번만 해 볼 계획이었다. 공훈도 너에게 돌릴 생각이었다. 그것으로 너의 살인도 끝나기를 바랐으니까. 네가 있는 한 나는 시체 훔쳐보기를 도무지 그만둘 수 없다는 것을 깨달았거든.

나는 치밀하게 준비했다. 다른 사람의 의식을 자유자재로 조종할 수 있는 방법이 있음을 알았다. 최면술사를 선생으로 모셔 상대방의 기억과 망상을 조작하는 기술을 습득했다. 너는 기억하지 못하겠지만 너는 나를 여러 번 만났다. 내가 필요할 때마다 나 대신 나를 살아 주기 위해서였다. 내가 네가 되려면, 먼저 네가 내가 되어야만 했던 것이지. 그러기 위해서 너는 몇 개월에 걸친 트레이닝 과정을 거쳤다. 조금이라도 빈틈이 있어서는 곤란했으므로 나는 나의 전 인생을 너의 머릿속에 입력하기까지 했다. 그래, 맞아. 바로 그 일기 말야. 너는 내 일기를 훔쳐본 게 아니라, 훔쳐보라는 내 명령에 복종했던 거야. 급조된 모조품이었냐고? 천만에. 그 긴 글을 어떻게 짧은 시간에 쓸 수 있었겠어. 모두 사실이냐고? 글쎄. 세상에 사실이라는 게 있을까? 우리가 사실이라고 말하는 모든 것이 사실은 허구가 아닐까? 세상에는 두 가지 거짓말이 있을 뿐이지. 훌륭한 거짓말과, 조잡한 거짓말. 무언가를 숨기기 위한 거짓말과, 무언가를 전달하기 위한 거짓말.

자, 그럼 이제, 슬슬 시작해 볼까?

그건 너의 처음이자 마지막 미션이었다. 반나절 동안만 내 행세를 해 주면 되었다. 너는 어떤 주차 번호를 보건 그것을 'B7 337'로 기억하게 돼 있었다. 첫 번째 암시. B7 337을 본 너는 내 카드로 그녀의 선물을 산 다음, 내 전화기로 경찰에 연락해 차량 도난을 신고한다. 그리고 아파트에 가서 그녀의 시체를 발견한다. 두 번째 암시는 전화기에 찍힌 군번을 보는 거였다. 군번을 보자마자 너는 노트북을 챙겨 택시에 탄다. 청담동에 도착해서 보게 될 BMW의 번호판이 세 번째 암시였다. 너는 내가 가르쳐 준 대로 집 안에 지갑과 휴대전화와 목걸이를 반납한 후 노트북만 챙겨 자취방으로 돌아간다. 그제야 최면이 풀려 네 복장과 노트북을 보고 깜짝 놀라기만 하면 끝이었어. 특별히 중요한 부분이라고 누누이 강조했잖아.

내 알리바이는 완벽했다. 그녀의 집에서 나오는 즉시 나는 공항으로 가서 제주도행 비행기에 올랐다. 사람들을 잔뜩 만나서 화끈한 주말을 보낼 참이었다. 근데 너는 조목조목 내 계획을 망쳤지. 전화는 왜 받은 거야. 감시 카메라 기록을 삭제하질 않나, 노트북을 잃어버리질 않나, 식료품은 왜 사고, 내 지갑과 복제 전화는 뭐하러 가져갔어.

원래대로라면 너는 경찰에 잡혔어야 했다. 감시 카메라 기록 때문에 처음으로 불려 갈 사람은 나였지. 하지만 나는 그 시간에 비행기에 있었거든. 경찰은 기록을 뒤져 나에게 쌍둥이가 있었음을 알아내고, 너의 집을 수색해 노트북을 찾아낸다. 범죄 심리학자는 너의 포르노를 열람하고, 네 성적 취향과 살해 방식의 상관성을 밝혀낸다. 연쇄살인범의 심리상 노트북은 피해자의 사적 기록들을 영구 보존하기 위해 탈취한 것으로 분석되겠지. 그리하여 너는 쌍둥이 형제를 질투하여 그의 애인을 죽인 사이코패스, 나는 곧 약혼할 계획이었던 애인을 있는 줄도 몰랐던 쌍둥이에게 빼앗긴 비운의 사내. 나는 낭만적인 비극으로 위험한 스캔들을 땅에 묻고, 너는 역사상 가장 엽기적인 연쇄살인범으로 기록될 거였다.

하지만 너는 유명해지기를 거부했고,

나는 공포에 휩싸였지.

큰손들의 세계는 모든 게 연결돼 있는 세계다. 하나가 터지면 나머지도 연쇄 폭발하도록 돼 있는 게 이 바닥의 구조다. 가수 이연이 죽었다고? 그럼 나도, 꼰대도, 영감들도 다 죽는 거다. 꼬리를 떼고 달아나는 파충류는 있어도, 머리를 버리고 달아나는 파충류는 없다. 과연 누가 제일 먼저 제거될까. 유서라도 남기고 싶다면 자살하는 게 오히려 상책일지 몰랐다.

서울로 돌아오기도 전에 미행이 붙었다. 전문가와 비전문가를 구분하는 방법은 보이느냐 아니냐다. 어설프게 숨어 다니면 사설(私設)이다. 요원들은 존재를 드러내 표적이 쫓기고 있음을 눈치채게 한다. 경찰이 사이렌을 울리며 범죄자를 뒤쫓는 것과 다를 바 없는 논리다. 깔끔하게 제거할 자신과, 깔끔하게 무마할 능력이 모두 있다는 의미였다.

하루도 지체할 수 없었다. 먼저 움직이지 않으면 머지않아 손가락 하나 움직일 일도 없어지는 거였다.

혹시 스위치 이론이라고 아는지 모르겠어. 냉전 시대에 유행하던 얘기인데, 소련에서 핵미사일을 쏘면 지구가 멸망할 것을 알면서도 미국에서도 쏘게 마련이라는 논리지. 하지만 그 역도 마찬가지다. 소련에서 핵을 포기했다면 미국 정부는 기뻐했을까? 막대한 금액의 국방비, 그로 인한 산업 효과, 효

율적인 핵 발전소, 국민들을 쉽게 통치할 수 있는 공포까지 모두 없어질 텐데? 정부는 적을 제거하기 위해서가 아니라, 유지하고 재생산하기 위해 존재하는 조직이지. 지금 미국이 왜 저렇게 힘들어졌는지 알아? 그게 다 적이 사라졌기 때문이야. 금융시장은 냉전 체제가 끝난 그 시점부터 서서히 무너지기 시작했던 거라고.

아니나 다를까, 내가 곧장 자수하자 영감과 꼰대들은 나를 빼내기 위해 온 힘을 기울였다. 나는 그들에게 충분한 시간을 주기 위해 살인 이외의 모든 사실에 대해 묵비권을 행사했다. 그동안 영감들은 온갖 전문가와 의사를 동원해서 '외상 후 기억상실', '일시적인 정신장애' 등등의 허구를 만들어 냈다. 마치 내 상상 속의 '넘버'가 현실 세계에 나타난 것 같았다. 그들은 사후적으로 나에게 살인 면허를 부여한 것이나 다름없단 말이야.

그러나 그녀를 실제로 죽이고 나자 나는 불행해졌다. 칼이 갈비뼈 사이에 정확히 꽂혀 들어갈 때의 그 미끈한 느낌, 살짝 비틀린 칼날이 뼈와 뼈 사이를 긁는 진동, 그 사이로 새어 나오던 더운 김의 간질임, 클라이맥스를 연주하는 피아니스트의 현처럼 낱낱이 떨리던 근육, 힘없이 벌어지는 입술 사이로 뜨겁게 피어오르던 쇠 냄새, 그리고 마침내 쾌락의 블랙홀 속으로 남김없이 빨려 들어가던 자기 성애자의 홍채. 아무리 재현하려고 애써도, 회상이란 근사치에 불과했다. 매일 밤 꿈속의 어둠을 화려하게 장식하던 상상의 불꽃놀이는 꺼졌다. 상상이 현실이 되자 나의 꿈은 언제나 현실보다 부족해졌다. 상상을 기억과 엿 바꿔 먹은 나에게, 현실을 반복하는 유일한 방법은 이제 현실뿐이었다.

딱 한 번만 더, 너처럼 살고 싶었다.

네가 했던 것처럼 다리를 절단할 때까지는 좋았다. 상반신만 남은 몸을 욕조에 옮겨 놓으니 핏물과 함께 너에 대한 질투도 스르르 빠져 버렸다. 그런데 이제 치워야겠구나 싶으니 한숨이 나더군. 요리는 재밌어도 설거지는 싫은 법이니까. 앞으로도 계속 이래야 하나? 생각하다가 너를 떠올렸다. 네가 정말로 너 자신을 '김대현'으로 여기는지도 알고 싶어졌지. 만약 정말 그렇다면 얼마나 중증인지도 확인하고 싶었어. 하지만 그렇게 빨리 달려올 줄은 몰랐다. 네가 나의 경력을 얼마나 소중하게 생각하는지도 알았지. 사실 너는 '넘버'의 일등공신이야. 나에게 진짜 살인 면허를 쥐어 준 장본인이니까. 영감들이 '넘버'의 개념을 확립했다면, '넘버'를 실제로 작동시킨 사람은 너지. 그러니까 나의 노예가 된 것도, '넘버'의 청소부로 전락한 것도 결국에는 다 네 탓이야. 너는 너무나 나처럼 되고 싶은 나머지, 나를 넘어서 버렸지. 김대현의 모든 꿈을 현실로 만들어 놓았어. 아무래도 사람들은 그 현실의 주인공을 박이명으로 기억하게 되겠지만.

언제까지고 너와 함께 놀고 싶지만, 이제는 그만 게임을 끝내야 할 것 같아. 그러게, 그냥 내가 준 교훈에만 집중하지 그랬어. 한 번 노예는 영원한 노예, 주인의 자리를 넘봐서는 안 돼. 그런데 너는 네 본분에 충실하기는커녕 호시탐탐 내 자리를 노리고 있잖아. 제발 네 주위를 봐. 어딜 봐서 너 같은 쓰레기가 나 같은 증권계 거물이 될 수 있다는 거지?

네가 이어서 쓴 그 일기, 잘 읽었어. 아주, 아름다운 소설 한 편을 썼더군. 그 창녀가 그렇게 매력적인 여자인 줄은 처음 알았네. 일찍 알았으면 좀 더 즐기다가 죽일걸. 어쨌거나 덕분에 너는 꼰대를 죽일 수밖에 없겠어. 꼰대는 너를 김대현으로 생각할 테고 그렇다면 그 창녀와 네가 사랑하는 사이였다는 것을 인정하지 않을 테니 말이야. 그래, 알아. 너는 어디까지나 치정 때문에 꼰대를 죽이는 거지. 진실이 두렵거나, 진실을 묻기 위해서 그렇게 반칙을 하는 건 아닐 거야.

설사 죽이지 않는다 해도, 네가 스스로 남긴 증거 때문에 지난 살인의 혐의는 모두 너에게 돌아가겠군. 드디어 너는 유명해지는 데 성공하는 거야. 영감들도 결과에 무척 만족할 테고. 참, 네가 증거를 남기기로 한 걸 어떻게 알았냐고? 위치 추적을 어떻게 했는지는 안 궁금한가? 넌 나를 닮아 머리는 좋은데 외톨이로 살아서 사람을 몰라. 너도 알겠지만, 거북에게는 언제나 노후 대책이 필요했지.

너의 도전은 흔쾌히 받아들이겠어.

네 말대로, 그녀가 죽건 말건 나와는 상관없지. 네 생각과 달리 내가 이 모든 일을 꾸민 건 세상에 대한 복수가 아니라 나의 유희를 위한 것이었으니까. 그럼에도 내가 그곳에 가는 건 그 귀중한 순간을 도저히 놓칠 수가 없어서야. 네가 그 여자를 죽이는 광경 말이야. 마치 네 상상 속의 내가 그랬듯이, 현실에서 사랑하는 여자를 죽이는 건 너 자신이군그래. 놀랍지는 않아. 충분히 예상한 일이니까. 누구나 상상에 갇혀 살지. 현실은 상상 밖에 있는 게 아니야. 상상한 만큼만 보면서 살아가는 거지. 자신이 가진 상상력의 한계에서 벗어날 수가 없어서 불행한 게 인간이다.

이제 공식적으로는 처음이자 마지막인 나의 살인을 위해 나는 옷을 갈아입는다. 소파 위에서 산탄 엽총이 반짝이는 미소를 짓고 있군그래. 산탄총은 위력이 엄청나지만 상대의 숨이 바로 끊어지게 하지는 않지. 나는 그동안 죽어 가는 너에게, 네가 방금 무슨 짓을 했는지 조목조목 설명해 줄 작정이야. 언제나 그랬듯이, 진실을 받아들이고 말고는 온전히 너의 몫이지만 말이야.

좀 더 오래 함께하고 싶었는데 이렇게 빨리 끝나게 돼서 너무 아쉬워. 너에게도 다음 생이 있다면 꼭 여자로 태어나기를 바라. 이번 생보다 훨씬 더 끝내주는 죽음을 선사해 줄 테니. 그럼 부디 안녕,

나의 쌍둥이 형, 혹은 동생.

*

내가 전화를 하고,

너는 전화를 받는다.

너는 내 말을 듣기만 하고, 아무 대답도 하지 않는다. 나는 네가 그랬듯이, 할 말만 하고 전화를 끊어 버린다. 너는 아무렇지 않은 척했지만 너의 침묵만으로도 나는 알 수 있다. 네가 반드시 그 장소에 나타날 수밖에 없다는 것을. 처음부터 이렇게 했어야 했다. 내가 추적할 게 아니라 네가 찾아오도록

만들었어야 했다. 아킬레스는 거북이를 이길 수 없으니까. 영원히 뒤쫓을 수밖에 없는 상황 자체가 아킬레스의 아킬레스건이니까.

전화번호를 어떻게 알아냈는지는 거북한테 물어보는 게 좋겠어. 거북은 지금 뭘 하고 있냐고? 내가 조수석에 타고 있는 차를 시속 140킬로미터의 속도로 운전하고 있지. 목에는 내가 든 총이 겨누어져 있어서 너의 질문에 제대로 답할 수 있을지는 모르겠다. 언제 알았느냐고? 결정적인 순간마다 불법이라며 몸을 사릴 때부터 이상했다. 거북이 돈 앞에서 머리를 굴리는 건 자연스러운 현상이 아니었지.

지금까지 나는 네 입장에서 사건들을 이해하려 했다. 너는 나와 다른 존재이므로, 너의 논리로 사고해야만 해결할 수 있다고 생각했다. 최초의 모방이 너로부터 시작되었음을 깜박 잊고 있었던 것이지. 먼저 상대방의 시각으로 세상을 본 사람은 너였다. 너의 순수한 관점이라는 건 처음부터 없었다. 너는 또 한 명의 '김대현'을 만들어 낸 셈이지. 더구나 너는 살인을 계획하고 나서 나를 모방한 게 아니라, 나를 모방하다가 거대한 드라마를 구상했다.

나는 네가 만들어 낸 '김대현'의 방식으로 사건을 추적해 보았다. 사건의 전모를 파악하는 데 채 한 시간이 걸리지 않았다. 우선 지금까지 살해된 여자들의 은행 거래 내역을 검색

했다. 몇 개의 단계를 거치자 서서히 퍼즐이 드러났다. 강 사장은 여대생이 살던 아파트를 전세 낸 기획사의 투자자였다. 여대생의 카드 사용 내역은 강 사장과 무관했다. 여대생이 브이아이피 고객인 백화점에서 강 사장의 법인체가 발행한 수표가 여러 번, 주거래 은행에 입금되었을 뿐이었다. 강 사장은 정부와 놀아나면서도 누군가에게 추적당할까 봐 조심했던 것이다. 설마 부인에게 꼬리를 밟힐까 봐? 천만에.

두 번째 희생자인 모델은 모월 모일에 강 사장이 회원제 클럽에서 결재를 하기 하필 세 시간 전에 콜택시를 이용했다. 그리고 세 시간 후, 같은 회사의 콜택시를 다시 한 번 탔다. 거북에게 택시 회사 컴퓨터에 침입해 모델의 이동 경로를 알아보도록 했다. 모델은 7시쯤 바로 그 클럽 앞에 도착했고, 새벽 2시쯤 근거리의 호텔로 귀가했다. 당일 9시부터 다음 날 아침까지의 호텔 결재 내역을 조회하자 영감 중 한 명의 비밀 신용카드가 잡혔다. 강 사장과 관련 있는 모든 영감들의 호텔 결재 내역을 확인해 보았다. 그리고 이연의 것과 대조했다. 전날 밤 영감 한 명이 체크인한 호텔에서 그녀가 모닝커피 한 잔을 사 먹은 기록이 있었다. 나는 그날 강남의 어떤 바에서 혼자 술을 마셨다. 이연과 만나기로 약속한 날이었다. 이연은 갑자기 일정이 바뀌어서 밤새워 녹음 작업을 하게 됐다고 말했었다. 나는 그것을 나 자신의 카드 결재 내역을 찾아보고

서야 기억해 냈다. 그만큼, 이연을 의심하지 않았다는 의미다. 내가 양주 한 병으로 그녀에 대한 그리움을 죽였던 그날 밤, 이연은 대체 호텔에서 무슨 짓을 하고 있었던 것일까.

사람과는 달리,

카드와 수표는 거짓말하지 않는다. 전부는 말해 주지 않지만, 말해진 것은 모두 사실이다. 사실의 일부만으로도 나는 퍼즐을 맞출 수 있었다. 강 사장이 한 말은 범인의 살인 행각에 실을 꿰듯 맞아 들어갔다. 여자가 아니라 신용(credit)과 잔 것이라 했다. 모두가 핵폭탄 하나씩 나눠 가진 것이라 했다. 강 사장의 말에 의하면 '김대현'은 강 사장과 영감들을 위해 킬러를 고용했다. 킬러의 임무는 이연을 제거하는 것이었다. 오직 이연만이 그들에게 저항했던 것임에 틀림없다. 그런데 킬러가 통제를 벗어나더니 다른 여자들까지 연쇄살인하는 오버액션을 시작했다. 영감들은 그 사실을 알고 있었지만 당분간 킬러의 행동을 묵인하기로 했다. 킬러가, 관련된 여자들을 죄다 제거할 때까지 기다리려고 했던 것이다.

나는 맹세코 강 사장과 그런 일을 모의한 적이 없다. 그렇다면 대체 강 사장과 살인 계약을 맺은 '김대현'은 누구일까?

그제야 나는 알게 된 것이지. 네가 내 흉내를 낸 것은 이연이 죽고 나서부터가 아니었음을. 너는 이연이 죽기 훨씬 오래 전부터 내 행세를 해 왔다. '김대현' 및 킬러로 일인이역을 했음은 물론, 내가 모르는 사이에 이연을 강 사장에게 팔아넘기기까지 했다.

정상인과 달리,

너희들은 비유와 축자(逐字)를 구분하지 못하지. 여자를 먹고 싶은 것과, 여자의 인육을 먹는 게 같다고 생각하는 게 사이코패스다. '죽이는' 여자는 실제로 '죽여야' 직성이 풀리는 게 네 놈들이다. 몇 개의 사소한 특색만으로 여자를 죽일지 말지 결정하는 너 같은 놈들이, 100년을 살았건, 100년이 남았건 한 사람의 인생을 중요하게 여길 리 없지. 너는 네가 확보한 숫자 몇 개가 곧 나라고 아무런 죄책감 없이 판단했을 것이다. 신원 정보란 한 사람의 극히 일부에 지나지 않는다는 사실을 이해 못 하니까. 그런 네가 유전자가 같으면 같은 사람이어야 한다고 판단하는 데는 채 몇 초도 필요치 않았을 것이다. 하지만 한 가지 사실만은 알아야 할 거야. 그토록 쉽게 다른 사람이 될 수 있음은, 그만큼 쉽게 자신을 버릴 수 있기 때문임을. 내가 숫자이기 때문이 아니라 네가 텅 비어 있음으로 해서 너의 변신이 가능했음을. 그러니까 너는 정말로 영(zero), 그야말로 아무것도 아닌 자였던 거지.

다시 한 번 말하지만 최초의 모방은 너로부터 시작된 것이었다. 아무것도 아닌 자는 증권 브로커의 일기를 탐독하다가 어느 날 다음과 같은 대목을 발견하게 되지. "자신이 어떤 여자와 잤느냐보다, 그 여자가 지금까지 어떤 남자들과 잤는지가 더 중요한 세계가 주식시장이었다." 이 모든 끔찍한 일들은 그렇게 해서 생겨났다. 너는 '김대현'과 잔 여자가 어떤 남자와 잤는지를 추적했고 그 과정에서 강 사장과 영감들을 연결하고 있는 스캔들을 발견했다. 그러고는 스스로 에이즈 바이러스가 되어 '실제로' 접촉한 모든 사람들을 연쇄살인하기로 결심한 거지. 마치 부실채권이 파생상품을 타고 연쇄 부도를 일으키듯이 말이야.

이제 내가 강 사장을 죽이게 만들었으니, 너는 나머지 여자들과 영감들 모두를 타깃으로 삼을 참이군. 관련된 모든 사람들을 죽일 계획이야. 그러고 보니 너는 연쇄살인범과 증권 브로커의 도플갱어를 만들었군그래. 나도 아니고, 너도 아니고, 네가 상상한 나도 아닌 '김대현'. 지나치게 모방한 나머지 너는 진짜 김대현을 한참 벗어나고 말았어. 훌륭해. 네가 지금까지 한 짓 중에 가장 독창적이야. 누가 감히 그런 위대한 발상을 짐작이나 하겠어. 그럼에도 여전히 의문 한 가지는 남지. 너는 왜 너의 살인 취향을 포기했을까? 영감들이 젊은 년들이랑 붙어먹건 말건, 너랑 무슨 상관이야? 무엇을 위해 증권계의 큰손들을 건드리려는 거지?

정의를 위해서,

살인한다고 믿는 놈들이 있긴 하지. 살인 자체가 목적이 아니라고 말하는 진짜 미친놈들 말이야. 조직폭력배가 상인들을 보호한다고, 고리대금업자가 가난한 사람들을 도와준다고, 강간범이 외로운 여자들을 달래 주고, 사기꾼이 부의 분배에 기여한다고 주장하는 것과 하등 다를 바 없다. 그들은 너처럼 세상에 "교훈을 주기 위해서"라고 말하고 싶어 하지. 쾌락을 위해 사람을 죽이는 게 아니라 숭고한 가치를 지키기 위해 세상을 청소하고 있다고. 네가 나에게 전달하려는 신의 가르침은 대체 무엇이었을까. 넌 나에게 무슨 교훈을 주고 싶었던 것일까. 아마 그런 게 있다면 그건 네가 너의 적이라고 생각하는 자들을 닮아 있다는 사실이겠지. 어느 쪽이 어느 쪽을 모방했건, 누가 더 잔혹하건 말건, 너희들은 마주 보고 있는 거울과 같다. 한쪽이 깨지면 깨지지 않은 쪽도 그 모습을 그대로 가지게 되는. 어차피 똑같은 얼굴인데, 어느 쪽이 깨졌는지 따져 본들 무슨 소용일까.

나는 옆방 여자를 죽이지 않을 생각이었다. 여자는 미끼일 뿐, 내가 죽여야 할 사람은 너였다. 그 여자를 사랑하건 말건, 너는 올 수밖에 없을 거였다. 위대한 연쇄살인의 서사를 완성하기 위해서는 그렇게 할 수밖에 없지. 내가 '김대현'의 경력을 보존하기 위해 너의 농간에 속절없이 놀아났듯이, 이제 너는 '박이명'이라는 이름을 지키려다가 파멸하고 말 거야. 너의 그 작품이라는 게 말이야, 목적도 목적이지만 과정이 중요하지 않겠어? 결과적으로는 같다고 해도, 어딘가 한군데라도 논리가 어긋나면 작품 전체를 망치고 마는 거니까. 그런 점에서 너는 치명적인 약점을 갖고 있지. 증권은 말이야, 결과만 좋다면 과정 따위는 어떻게 되건 상관없는 거거든. 너 같은 예술가 선생은 그렇게 생각하지 않으시겠지. 네 논리에 따르자면 잔 사람은 다 죽어야만 한다. 영감들이 제거되고 나면 나도, 옆방 여자도 죽어야만 하는 거지. 너는 지금쯤 가슴이 까맣게 타들어 가고 있을 것이다. 여자를 내가 죽이게 내버려 두는 건 작가가 소설의 결말을 타인에게 맡기는 것과 다를 바 없을 테니까. 그러니까 너는 개처럼 헐떡이며 달려올 수밖에 없지, 그녀의 목숨이 아니라 너의 고귀한 작품을 위해서.

그림자를 길게 드리우며,

나는 산동네의 좁은 골목으로 접어들었다. 저 멀리 떨어지는 해가 비행접시처럼, 보이지 않는 산 정상의 공원으로 착륙하고 있었다. 한 시간쯤 후에는 세상을 붉게 물들이고, 이 모든 일의 목격자는 어둠뿐. 아무것도 모른 채 다시 떠오르는 해를 나는 청담동 집의 침대 위에서 맞이할 것이다. 아주 긴 악몽을 꾸었다는 듯. 새롭게 시작된 일상을 낯설게 바라보고 있으리라.

나는 눈에 걸리는 한 가지도 놓치지 않고 걸었다. 마지막으로 모든 것을 기억해 두기 위해 천천히 발을 옮겼다. 골목 어귀의 작은 돌멩이 하나, 남의 집 창살의 녹슨 무늬 하나 놓칠 수 없었다. 새벽 3시에 시동을 거는 야채 장수 아저씨는 저기 뒹구는 시멘트 벽돌을 트럭 뒷바퀴에 괴어 놓곤 했었지. 골목 어귀, 슈퍼마켓 평상에 앉아 부채질하던 할머니들의 얼굴. 그 맞은편, 현금을 말아 쥐고 부티크를 나오며 한숨 쉬던 여자들의 상처 많은 맨다리. 남자 친구가 오지 않는 밤 저 위 원룸 창에서 담배 피우던 여대생의 하얀 팔. 나는 한 달 남짓 무심코 보았던 풍경들을 몇 분 만에 다시 보고 있었다. 곧 까맣게 잊힐 것이어서 아름다운 순간들. 그게 인생이 아니겠는가. 그녀와의 일상이 계속되리라 막연하게 믿었던 게 잘못이었다. 그렇게 갑자기 끝날 줄 알았다면 하나라도 잊는 일은 없었을 것이다. 어쩌면 이연은 이렇게 될 줄 알았을까. 그래서 나에게 그토록 많은 질문을 던졌던 것일까. 이연과 나는 전생에 매듭과 칼이었던 모양이다. 칼이 매듭을 풀고 나면, 매듭은 이미 사라지고 없지.

옆방 여자는 더 이상 자를 매듭도 없는 여자다. 여자가 기억하는 게 아니라, 기억이 여자를 사육하고 있다. 매일매일 상처를 반복하는 대신 새로운 상처는 받지 않게 되었다. 여자가 보는 앞에서 너를 죽인다 한들 무슨 상관일까. 어차피 여자는 과거의 고통 속으로 돌아가, 너 따위는 까맣게 잊어버리고 말 텐데. 골목을 들어오는 내내 여자의 고함 소리를 듣지 못했다. 아마도 여자는 방 안에 잠들어 있는 모양이었다. 다행이라고 생각했다. 여자를 깨우지 않고 일을 끝낼 수 있다면 더 좋겠다고 생각했다. 몇 초면 지날 수 있는 복도를 나는 영원처럼 걸었다. 여자의 방으로 가는 길목이 우주로 향하는 차원의 문턱 같았지.

여자의 방은 달의 뒷면처럼 캄캄했다. 문을 열자 잠시 희미하게 빛과 어둠이 갈라졌다. 얼른 문을 닫아 새어 들어온 빛을 내쫓았다. 그런데 이게 무슨 일이었을까. 어둠 속에서, 생쥐 썩는 냄새가 났다.

한두 마리가 아니라,

수십 마리는 되는 것 같았다. 불을 켰다. 여자가 평온한 얼굴로 자고 있었다. 불을 껐다. 생쥐 떼가 맹렬하게 썩는 냄새가 났다. 불을 켜고 여자에게 다가앉아 콧구멍 앞에 손을 대 보았다. 얼굴은 창백했지만 따듯한 김이 솔솔 새어 나오고 있었다. 목을 잡아 보았다. 피부가 흐물흐물했다. 흠칫 놀라 떼었다가 다시 짚어 보았다. 온기는 있는데, 맥이 느껴지지 않았다. 여자의 가슴을 풀어헤쳤다. 이곳저곳 피부가 상하고 짓물러 있었다. 두 손을 포개어 여자의 가슴을 누르기 시작했다. 여자의 입이 힘없이 벌어졌다. 넌 나 죽이지 않을 거지? 금방이라도 눈을 뜨고 말할 것만 같았다. 나는 점점 빨리, 힘을 넣어 여자의 흉곽을 펌프질했다. 그러자 가슴이 통째로 허물어지며 여자의 입에서 무언가가 흘러나왔다. 처음에는 더러운 체액이거나 소화되지 않은 밥알처럼 보였던 그것은, 살아 있는 작은 생명체였다. 엉거주춤 일어서 있다가 이불을 통째로 젖혔다. 무너지고 늘어진 그녀의 몸 전체에서 아지랑이 같은 열기가 솟아오르고 있었다. 여자는 죽어서도 뜨겁게 허물어지는 중이었다. 자신의 온몸을 바쳐 열정적으로 소화되는 중이었다. 넝마처럼 찢긴 하체의 여기저기에서, 갑자기 나타난 빛에 놀라 기어 나오기 시작한 구더기들은, 마치 포화가 휩쓸고 지나간 전장의 땅굴에서 멀쩡하게 살아 나오는 병사들처럼 귀살스러웠다. 그녀의 어두운 품은 얼마나 깊고 넓었던 것인지. 그들은 한두 마리가 아니라, 수천, 수만 마리는 되는 것 같았다.

그제야 나는 궁금해지기 시작했던 것이지.

분명 여자는 내 곁에 있었는데,

너는 언제 이곳에 왔다 갔던 거니?

The Number

그는 밤 10시쯤 경찰서에 도착했다. 피살자 중 한 명이 쌍둥이였으므로 경찰은 지문부터 조회했다. 검색 결과 그는 '박이명'으로 판정되었다. 데이터가 해킹당했다고 주장했으나 형사는 믿는 표정이 아니었다. 그는 변호사에게 전화했다. 자초지종을 설명하고 도와줄 것을 요청했다.

"나야 경찰이 신원을 확인해 줘야 움직이지."

"세 배를 드리겠습니다. 아니, 네 배로 하죠."

"당신이 박이명이면? 난 돈도 못 받고 시간만 버릴 텐데?"

"내가 김대현이면? 내일 아침 9시까지 안 나타나면 열 배 가격에 다른 변호사를 구하겠어."

변호사는 잠시 침묵했다가 말했다.

"그렇게 말씀하시는 거 보니 김대현 팀장님이 맞는 것 같네요. 근데 왜 하필 내일 아침입니까?"

"생각할 게 좀 있어서. 그럼 내일 봅시다."

변호사는 경찰에 변호인 동석 취조를 요청했다. 그는 묵비권을 얻어 하룻밤 동안 혼자 있을 시간을 벌었다. 유치장에 들어간 것은 생각하기 위해서가 아니라 생각을 되찾기 위해서였다. 그가 깨어났을 때 현장에는 이미 경찰이 와 있었다. 그는 눈앞에 펼쳐져 있는 피바다를 이해할 수 없었다. 지난 몇 시간, 아니 한 달여의 기억이 폭풍에 휩쓸린 제방처럼 무너져 있었다.

느닷없이 출현한 결말의 풍경은 처참했다. 그의 쌍둥이는 산탄총을 맞아 온몸에 구멍이 나 있었다. 죽은 지 일주일쯤 되었다는 여자의 시체에는 벌써 구더기가 끓고 있었다. 굳은 피 위에 싱싱한 피가 번져 복잡한 경계를 그리고 있었다. 눈앞의 풍경보다 더 엉망인 것은 머릿속에 남아 있는 것들이었다. 그는 자신이 그간의 연쇄살인에 대해 잘 알고 있음을 깨달았다. 살해 시간, 살해 방법, 증거 인멸 방식까지 낱낱이 꿰고 있었다. 그는 김대현과 박이명의 기억을 모두 소유하고 있었다. 하지만 기억이라기에는 매우 불완전한 면이 있었다. 예외 없이 구체적인 감각이 소실돼 있기 때문이었다. 오감의 근거를 잃어버린 기억들은 기억이라기보다 정보에 가까웠다. 더구나 하나의 세계에서는 공존할 수 없는 상반된 정보였다. 김대현은 박이명은 자신이 키운 하수인일 뿐, 이번 연쇄살인은 온전히 자신의 작품이라고 주장하고 있었다. 이에 대해 박이명은 증권 브로커 신원을 잠시 빌리기는 했지만 자신이야말로 모든 살인의 호스트이고, 김대현은 시체 청소부에 불과하다며 거세게 반발했다. 따로 보면 우열을 가릴 수 없이 디테일하고 논리적이었으나 둘 사이에는 근본적인 모순이 있었다. 김대현의 주장이 옳다면 그는 지문 감식 그대로 박이명이어야 했다. 반면 박이명이 옳다면 지문은 바뀐 것이므로 그는 김대현이어야 했다. 누구의 기억을 선택하건 그는 그 기억의 소유자일 수 없었다. 그는 그가 자신으로 기억할 수 없는 타인으로서의 김대현, 타인으로서의 박이명만 될 수 있었다.

그는 밤을 새워 머리를 짰지만 그건 모순되는 기억의 진위를 밝히기 위함이 아니었다. 김대현과 박이명의 기억 모두를 오리고 붙이고 변형하여 새로운 '김대현'을 창조하기 위해서였다. 유년기와 성장기의 경험에서부터 최근 한 달간의 행적과 알리바이, 그때그때의 생각과 심리에 이르기까지 치밀하게 설정했다. 그가 아는 김대현과 박이명은 사이코패스였으므로 그는 새로운 김대현에게 인간적인 면모는 물론 개인적인 상처까지 부여했다. 인위적으로 만들어 냈다고는 하지만 애초에 그렇게 성장하도록 결정돼 있는 수정체처럼 김대현의 이야기는 스스로 완성된 것이나 다름없었다. 얼마나 자연스럽고 조화롭게 아이디어가 떠올랐던지, 그조차 자신이 새로운 김대현임에 틀림없다는 확신에 빠져들 정도였다. 매력적인 착각은 이야기를 더욱 정교하게 만드는 데 도움을 주었다. 동시에 그는 지나친 동일시가 위험하다는 사실 또한 알고 있었다. 우선은 완전히 무죄이자 일방적인 피해자로 설정했으나 상황이 나빠질 가능성도 배제해서는 안 되었다. 그는 머릿속 박이명의 주장대로 김대현이 시체 청소부로 밝혀질 경우의 진술까지 디테일하게 준비해 두었다.

취조는 아침부터 쉬지 않고 계속되었다. 하루 전만 해도 그를 개 취급했던 형사가 변호사 앞에서는 스스로 눈치 보는 개가 되어 갔다. 변호사는 사사건건 형사에게 시비를 걸었고 그때마다 형사는 한풀씩 자세가 낮아졌다. 급기야 주위가 어둑어둑해졌을 즈음에는 조서에 적어 넣을 내용을 그와 변호사에게 브리핑하기에 이르렀다.

"그러니까, X월 XX일 오후 6시경 모르는 남자가 선생님의 휴대전화로 전화하여……."

형사는 국어책을 읽듯 말했다.

"선생님의 어릴 때 헤어진 쌍둥이 형제라고 하면서……."

그는 짧게 고개를 까딱, 했다.

"나는 이제 곧 ○○동의 ○○-○호에 사는 여자를 죽이겠다고 했습니다. 여기까지 맞습니까?"

"맞습니다."

"혹시나 하는 마음에 선생님이 그 주소를 찾아가자 여자는 오래전에 죽은 상태였고 남자가 선생님을 칼로 찌르려고 하여 선생님은 혹시나 해서 들고 간 사냥용 엽총으로 남자를 쐈다."

변호사가 형사의 말에 끼어들었다.

"찌르려고 한 게 아니라 마구 휘둘렀다지 않습니까."

형사는 볼펜으로 해당 부분을 수정했다.

"알겠습니다. 생명의 위협을 느껴 발포했다, 로 하겠습니다. 계속합니다. 그제야 선생님은 범인이 자신과 똑같이 생겼음을 확인하였고 선생님은 그때 남자를 처음 본 것이었으며 남자가 갖고 있던 신용카드와 휴대전화는 예전에 분실하신 것이었습니다. 맞습니까?"

"네."

"여기까지가 진술하신 내용이고, 선생님 생각으로는 남자가 오랫동안 선생님을 스토킹했고, 아무래도 남자가 이번 범행 외에도 선생님을 사칭하여 선생님의 애인 및 여자 두 명과 강 사장을 살해한 연쇄살인범으로 생각된다는 말씀이시지요?"

그는 고개를 끄덕였다. 이번에는 변호사도 별말이 없었다.

"그럼 이 정도로 피의자 진술을 작성하겠고요…… 이후 추가 사실이 나올 때마다……."

변호사가 반문했다.

"대체 누가 피의자라는 겁니까?"

"형식상 피의자다 이 말이죠. 정당방위도 피의자는 피의자잖습니까. 다 아시는 분이 왜……."

"아니 이 사람들이. 경찰도 못 잡은 희대의 연쇄살인범을 지금 시민이 목숨 걸고 잡은 마당에, 피의자, 피의자 하면 섭섭하지. 기자 몇 명 불러서 경찰이 살인범 잡은 시민을 피의자 취급했다고 한번 해 볼까?"

"아이고 언제 피의자 취급했다고 그러십니까. 절차상 정확히 할 건 정확히 해야죠."

"아, 물론이죠. 워낙 치밀하신 분들 아닙니까. 경찰청 디지털 지문이 뒤바뀌지를 않나."

"솔직히 그건 아직 확인되지 않은 사실입니다. 변호사님 지금 발언에 책임지실 수 있어요?"

마침내 발끈한 담당 형사의 어깨를 반장이 다가와 툭툭 쳤다. 한쪽 뺨을 찡긋하는 표정이 개새끼 건드려 좋을 것 없다는 투였다. 형사는 후우, 한숨을 내쉬더니,

"지문은 확인 중이고요, 곧 결과가 나올 겁니다."

화제를 돌려놓고 잠시 나갔다 오겠다며 자리를 비웠다. 너

무 세게 나가는 거 아니냐고 그가 묻자 변호사는 정색을 하고 속삭였다.

"확실하게 위아래를 가르쳐야 꼼수를 안 부립니다. 정당방위도 살인은 살인이거든. 허가받은 무기지만 불법으로 사용했고. 뭐 걱정하시란 얘기는 아니고. 딴 사람이면 몰라도 제가 있으니까. 인맥도 있고, 언론도 있고, 설사 일심에서 형 받아도 집행유옙니다. 도주 위험 없으니까, 최대한 빨리 집에 가실 수 있게 압력 넣을 거고."

변호사는 은근히 자신의 능력을 과시한 다음 퇴근을 선언했다. 자신이 다시 올 때까지 어떤 질문에도 답하지 말라고 신신당부했다. 그는 열 시간여 만에 취조실에 혼자 남았다. 변호사의 말대로 진술서가 그대로 관철된다면 김대현은 정당방위로 무죄였다. 증거인멸죄로 기소된다 해도 달라질 건 별로 없었다. 연쇄살인범을 죽였다는 사실이 이 사회에서 죄일리 없었다. 적당한 시기에 약간의 눈물만 보인다면 사람들은 오히려 그를 비운의 영웅으로 떠받들 것이었다. 김대현의 미래는 최악의 경우에도 희망적이었다.

하지만 만에 하나 지문이 바뀐 게 아니라면 어떻게 되는가. 그는 선량하고 창창한 증권 브로커는커녕, 작품 세계의 완성과 행복한 인생에 모두 실패한 연쇄살인범 박이명으로 죽어야 했다. 혼란과 불안에 빠져 있는 그의 머릿속에 사진 한 장이 떠올라 왔다. 유래와 맥락이 사라진 대신 유일하게 구체적인 영상으로 남아 있는 기억이었다. 다정하게 허리를 두르고 선 벌거벗은 남녀의 뒷모습. 어디서 찍은 사진인지는 알 수 없었다. 새하얀 빛무리가 두 사람을 충만하게 감싸고 있어 마치 높은 하늘에 둥둥 떠 있는 것처럼 보였다. 태초의 빛이 창조되는 광경을 함께 바라보는 아담과 이브 같기도 했다. 그는 왼쪽에 선 남자가 자신임을 단박에 알아보았다. 여자는 알 수 없었지만 그녀가 가진 굴곡은 분명 익숙했다. 무엇보다 감촉과 긴장이 남아 있었다. 손안에 편안하게 쥐였던 그녀의 팔. 부드럽게 손끝에 쓸렸던 섬세한 솜털의 감촉. 멀어질 수도, 더 이상 가까울 필요도 없이 그와 그녀 사이에서 완전해진 거리, 혹은 거리 없음. 나로 존재함과 너와 함께함의 경계가 사라져 버린 어떤 소실점. 그녀는 사라졌지만 그녀에 대한 마음은 남아 있었다. 그녀의 말들은 증발했지만 그녀의 감촉은 현재인 것처럼 생생했다. 그에게는 사랑하는 사람이 있었다. 사랑하는 사람이 있었다면 그는 사이코패스일 수가 없었다. 그의 심장과 감각세포에 각인된 기억들이 그가 선량하고 건강한 사내였음을 그 어떤 기억보다도 설득력 있게 증명하고 있었다.

취조실 문은 30분쯤 뒤에 다시 열렸다.

인자한 웃음과 함께 들어온 사람은 담당 형사가 아니었다. 처음 보는, 말끔한 양복 차림의 50대 남자였다. 남자는 매너 있는 손짓으로 그에게 앉을 것을 권한 다음 취조실 문을 닫았다. 그는 부당한 수사에 대한 피곤을 가장하여 의자에 거만하게 앉았다. 남자는 갖고 들어온 서류를 꼼꼼히 검토하더니 벽에 달린 붙박이 거울을 향해 목을 긋는 시늉을 했다. 그리고 책상 위에 녹음기 하나를 올려놓았다.

"우선 심심한 사과의 말부터 해야겠군."

남자는 신원도 밝히지 않고 반말부터 했다.

"어이없게 들릴지 모르겠지만 공교롭게도 자네가 요구한 지문 원본이 도난당한 모양이야. 김대현과 박이명 것 모두, 심지어 앞뒤 사람들 것까지 뭉텅이로 사라졌다는군."

그는 그것이 무엇을 의미하는지 곧바로 이해할 수가 없었다.

"해당 공무원들은 모두 해직될 거야. 응당한 처벌도 받게 되겠지. 하지만 중요한 건 그게 아니지."

"……."

"덕분에 당신이 박이명인지 김대현인지, 구분할 방법이 영영 사라졌다는 게 문제지."

남자는 대수롭지 않다는 듯 가볍게 말했다. 그는 자신도 모르게 진실을 아는 건 남자뿐이라는 듯 묻고 있었다.

"그럼…… 대체…… 저는 누구란 말입니까?"

그는 이제 막 주름지기 시작한 턱을 오른손으로 쓰다듬다가 말했다. 무언가를 고민하고 있다기보다는 고민을 가장하는 몸짓으로 보였다.

"그래서 하는 말인데…… 자네가 누구인지 확인할 방법이 딱 하나 있기는 하지."

"그게 뭔데요?"

"기회는 딱 한 번뿐이야. 단숨에 자네가 알고 있는 것을 털어놔야 해."

"그러니까 그게 뭐냔 말입니다."

남자는 그의 눈동자에 시선을 고정한 채로 뜸을 들였다. 그가 내장이 녹아내리는 것 같다고 느꼈을 때쯤에야 자리에서 일어나 테이블에 걸터앉았다. 문밖을 힐끗 쳐다보더니 미묘하게 웃으며 입을 열었다.

"우리 수사 팀이 자네, 아니 죽은 쌍둥이일 수도 있겠군, 하여간 비공개로 써 놓은 일기인지 뭔지를 찾아냈는데 말이야. 근데, 거기에 나온 '넘버'라는 것에 대해 아는지 모르는지 말해 볼 수 있겠나. 이미 말했듯이, 단 한 번에, 번복하지 않고 대답해야만 하네."

그가 몸을 떨기 시작한 것은 자신이 누구인지 알 수 없어서가 아니었다. 오히려 그는 그 어느 때보다도 자신이 김대현임을 확신하고 있었다. 혼란스러운 것은 남자가 누구냐는 것이었다. 남자는 검사일 수도, 정신병리학자일 수도, 혹은 실재하는 비밀 조직의 일원일 수도 있었다. 남자가 누구냐에 따라 그의 대답은 완전히 다른 결과를 가져올지도 몰랐다. 아니, 어쩌면 뭐라고 대답하건 그의 존재는 이미 결정돼 있는지도 모를 일이었다.

너의 얼굴로 돌아보라

조형래(문학평론가)

1 범죄의 나폴레옹

“범죄 세계의 나폴레옹”. 셜록 홈즈가 적수 모리어티의 범죄 계획과 연출·실행 일체에 대한 천재적인 능력에 탄복하며 사용했던 비유다. 그 의미와 맥락을 조금 달리하면 이 문장은 소설가 노희준에게도 고스란히 적용될 수 있다. 전대미문의 기상천외하고도 정교한 범죄 이야기를 기획하고 연출해 내는 장인적인 솜씨에 있어 그는 단연 독보적이다. 우리는 이미 장편 『킬러리스트』와 「살아 있음에 감사하라」를 비롯한 몇몇 단편에서 그 기예를 목도한 적이 있다. 하지만 그의 소설이 단순한 추리소설이나 범죄소설에 그치지 않는다는 것은 말할 필요도 없다. 홈즈 시리즈 전편을 통틀어도 정작 모리어티의 범죄에 대한 독립된 에피소드는 존재하지 않는데, 이 범죄자가 다름 아닌 홈즈라는, 또 다른 나폴레옹의 역상(逆象)으로 성립했기 때문이었다. 노희준의 소설은 코난 도일이 차마 말할 수 없었던 바로 이 공백으로부터 출발하고 있다. 살인자와 분석가의 욕망이 기묘하게 교착되는 과정에 주목한 『킬러리스트』와 같은 소설에서 홈즈와 모리어티라는 쌍생아는 분리 불가능한 형상으로 출현하고는 했다. 그리고 이제 이 야누스적 존재에 관한 궁극적 진화 형이, 범죄를 취급하는 소설가 자신의 경탄할 만한 솜씨와 더불어 돌아왔다. 그렇다. 다름 아닌 『넘버』 이야기다.

2 정체성의 기이한 교환

사건의 발단은 범죄소설의 고전적 설정에 비교적 충실한 편이다. 잘나가던 증권 브로커 김대현은 모델 출신의 연인 한이연의 집에서 러닝머신에 목매달린 채 난자당해 있는 그녀의 시신을 발견한다. 더욱 당혹스러운 사실은 감시 카메라를 비롯한 모든 사건의 정황과 증거가 그를 범인으로 지목하고 있다는 것이다. 뿐만 아니라 그는 그것이 자신의 도플 갱어와도 같은 인물의 소행이라는 것을 알게 된다. 어떻게든 사건에 연루되지 않기 위해 이연과의 관련을 소거하는 등 부심하지만 실상 할 수 있는 일은 아무것도 없다. 심지어 하루아침에 증권 브로커 김대현이라는 신분까지 완벽히 가로채이게 되면서 그의 평범한 일상은 파탄에 직면한다. 가짜 대현이 이연의 살해범으로 자수했다가 무혐의로 풀려나 버린 가운데 그는 자신의 위치를 찬탈한 자와 뒤바뀌어 박이명으로 행세하지 않을 수 없는 불가피한 상황에 이르게 된다. 그렇게 그는 자신의 신원을 회복하기 위해 고군분투하는 처지로 내몰린다.

이것이 전부라면 누명을 쓰고 경찰에 추적당하는 과정에서 혐의를 벗기 위한 필사적인 노력이 보상받는, 소위 「도망자」 류의 그저 그런 이야기가 될 것이다. 하지만 여기에는 대현을 궁지로 내몬 분신의 고백, 즉 또 다른 이야기가 평행적으로 전개된다. 살인에 관한 한 예술가적 자의식을 관철하고자 하는 그 자신이 술회하는 삶의 이력은 대현과 미묘하게 교차하는 부분이 있다. 심지어 대현 자신보다 대현에 대해 더 많은 것을 아는 존재로 형언된다. 그러므로 대현의 일거수일투족에 대해 사실상 전지전능한 그는 그런데 정작 살해 과정 전체를 주도한 이가 다름 아닌 '너', 즉 대현이라고 처음부터 지목하고 있다. 그도 그럴 것이 대현조차 자신의 BMW를 주차한 파킹랏 번호와 층수, 이연의 기호 등을 비롯한 일상의 여러 사소한 기억에 대한 착란에 직면해 있다는 사실을 자각하고 있다. 일체를 주재하는 분신이 사실상 '말하는 자'로서 군림하는 것과 대조적으로 『넘버』 서두에서부터 자신의 일시적 기억상실에 대해 고백하고 있는 그는 단언컨대 '믿을 수 없는 화자'라고 해도 좋다.

그럼에도 '넘버'를 조작해 완벽하게 자신의 신분을 찬탈한 이 압도적인 타자 앞에서 그는 최초로 숫자와 기억의 조력 없이 확증 가능한 자기 자신의 고유한 실체에 대해 탐문하기 시작한다. 또한 이 데카르트적 회의와 병행하여 자신의 신분을 되찾고 살인자의 정체를 규명하기 위한 추적 또한 불가피하게 진행해야 한다. 하지만 아무리 첨단의 테크놀로지와 주도면밀한 조사를 동원한다고 해도, 기억 전반을 지탱하는 감각과 인식의 근본적인 동요에 직면하는 자가 주도하는 수사 이야기가 성공할 리 만무하다. 이명이 된 대현은 살인자의 음모를 사전에 저지하기 위해 그의 삶을 통찰하고, 또한 연예인 연쇄살인 현장을 사후 수습하면서 그의 흔적을 필사적으로 더듬어 간다. 하지만 그것은 항상 그 자신에게 치명적인 결과로 돌아온다. 살인자의 구체적인 흔적이 각인된 사체와 '옆방 여자'라는 외피의 물질성은 언제나 그 자신의 리비도를 이끌어 내는 것으로 귀결된다. 대현과 이명을 향한 상이한 두 탐색 경로는 정확하게 중첩되며 서로(의 욕망도) 구별할 수 없는 것으로 교차한다. 둘의 대결 또한 결국 찬탈한 서로의 삶, 즉 거북과 멧돼지 그리고 각자의 자산 등을 맞바꾸는 교환 과정을 경유해 이루어진다. 결국 대현을 찬탈한 이명과 정확히 대척되는 지점에서 그 또한 완벽하게 이명이 되어 간다. 이것은 대현과 이명이라는 고유한 개인의 경계조차 불분명해져 버리는 결과를 낳는다. 대현이 이명이고 이명이 곧 대현이다. 결국 대현이 극적으로 승리하는 것처럼 보이지만, 이미 두 사람이 서로를 정확히 답습하고 또한 반복한 후의 일이다. 이 변경 불가능한 사실이 넘버와 눌러가 조장한 것인지 본래 대현과 이명으로 지칭되었던 자들의 욕망에서 비롯된 결과인지 선후 관계를 따지는 것은 무의미하다. 『넘버』 결말이 단적으로 일러 주는 것처럼 그것은 우로보로스의 형상처럼 머리와 꼬리를 구별할 수 없도록 서로 얽혀 있기 때문이다. 그리고 첨예한 대결과 우여곡절을 거친 이 정체성의 기이한 교착은 마침내 대현(과 이명)을 둘러싸고 있었던 넘버라는 세계 자체를 겨냥한다.

3 패치워크와 무한 거울

노희준의 소설에서 이와 같은 다중 인격의 교란은 그리 낯선 것이 아니다. 가령 「살아 있음에 감사하라」에서 스토커의 폭언은 고스란히 S 자신의 것으로 전이된다. 『킬러리스트』의 주희는 줄리일 뿐 아니라 또한 설희이며 동시에 아오아메 유키히메(青天雪姬)이자 희수이기도 하다. 그녀들은 전생과 현생을 넘나들며 시공간을 초월해 서로를 침범할 뿐 아니라 종국에는 분석가로서의 서린의 욕망과도 구별되지 않는다. 『넘버』에서도 이명의 '옆방 여자'는 여러 여성들의 상이한 기억을 자신의 한 몸에 보존하는 다면상(多面像) 그 자체다. 조금 다른 경우지만 단편 「살」에서 개인들은 자신들의 육체적 경계가 무너지면서 서로 통과하고 겹쳐지는 당혹스러운 사태에 직면한다. 이 '나, 너'의 구분이 무의미해진 존재 결핍의 통과병이 만연한 세계에서 자신의 정체성을 보증하는 물질적 타자를 모색하고자 하는 욕망 또한 감염과 전이를 반복한다. 「살」의 웃지도 못하고 울 수도 없는 소극(笑劇)들의 연쇄는 그 상호 경계를 통과하는 욕망의 무한 증식을 통해 초래된다.

"나는 아무도 아니다. 아무도 아니므로 누구든 될 수 있다. 더 이상 나는 내가 누구인지 고민하지 않는다."(「벙어리 방울새의 죽음」, 『너는 감염되었다』) 일찍이 「벙어리 방울새의 죽음」을 비롯한 여러 단편에서 재현된 바 있었던 "아무도 아니므로 누구든 될 수 있다"는, 서로가 서로에게 감염되는 사태. 그것은 심지어 텍스트의 경계까지 초월한다. 예컨대 「시계 없는 방」은 명백히 『킬러리스트』의 전사(前史)이며 주희의 불우한 전생(들)은 『넘버』의 이연에게 역시 분유(分有)되어 있다. 뿐만 아니라 『넘버』를 비롯한 노희준 소설 대부분이 자신의 전작을 포함한 소설과 영화의 다양한 전통과 링크되어 있을 뿐만 아니라 특히 프로이트와 라캉, 지젝의 텍스트와도 일일이 거론할 수 없을 정도로 상당히 많은 부분에서 분리 불가능하게 교착되어 있다는 사실 또한 간과해서는 안 될 것이다. 『넘버』의 전생에 해당한다고 해도 좋을 이들 텍스트들이 겹쳐지고 통과하는 상호 모방 및 참조의 사례들은 일일이 손꼽기 어려울 정도로 무수하다. 결코 간단히 요약되지 않는 『넘버』의 복잡다단한 다층의 서사는 바로 이러한 특성에서 비롯되었다고 해도 좋다. 이 점에서 몇몇 중요한 캐릭터의 형상을 지칭할 뿐 아니라 『넘버』를 이루는 한 장의 표제로 설정되어 있는 '패치워크'는 노희준 소설의 핵심을 간파하기 위한 용어로도 유효하다. 그렇다고 해서 이 브리콜라주적 형식이 소설의 오리지널리티를 결정적으로 훼손하고 있다는 의미는 아니다. 도리어 이 텍스트 간 경계의 해체와 교착은 그야말로 타자의 욕망과 기억의 패치워크 내지는 상호 교차하는 다중 인격으로서의 개인의 문제를 취급하고자 하는 소설의 내용과 확실한 일치를 이루고 있을 뿐 아니라 노희준 소설의 주요한 특징이다.

그러므로 앞서 「벙어리 방울새의 죽음」에서 인용한 문장은 다음과 같이 변주될 수 있다고 해도 좋을 것이다. '텍스트는 아무것도 아니다. 아무것도 아니므로 무엇이든 될 수 있다.' 다양한 전생 격의 여타 텍스트들로부터 감염된 노희준의 소설은 필연적으로 무엇이든 될 수 있도록 또 다른 텍스트로 링크될 터다. 감염의 자연적인 생리에 따라 텍스트의 욕망 및 그 사이의 상호 접속은 부단히 증식할 것이며 또한 이에 따라 테마와 형식과 장르와 문체 등등에 있어서 무수한 파생과 변형이 야기될 것이다. 비행접시처럼 계속해서 미끄러지는 전이의 무한 연쇄를 통해서, 흡사 노희준 소설이 구축하고 있는 텍스트의 복잡다단한 미로와도 같이, 그야말로 서로 닮고자 하는 텍스트의 다층적·다중적인 상호 모방과 참조, 조합의 패치워크가 끝없이 생산될 것이다. 그렇게 어떤 텍스트로도 화(化)할 수 있다. 이것은 근본적으로 세계에 존재하는 모든 책을 읽고 또 그것들과 결정적으로 구별되는 단 한 권의 책을 쓰고자 하는 소설가의 욕망과 표리의 관계를 이룬다. 서로를 되비추며 상(象)을 무한히 증식시키는 무한 거울적 텍스트. 이것야말로 노희준 소설이 나름대로 구성하고자 하는 '바벨의 도서관'의 형상 그 자체인 셈이다. 그리고 이 바벨의 도서관의 장서 목록에 가장 최근 갖춰진 소설이 바로 『넘버』이며 대현과 이명은 다름 아닌 그 무한 거울의 한복판에 놓여 있는 쌍생아다. 이 모든 기이한 형상들이 소설가 자신의 욕망과 분리 불가능한 것이라는 사실은 말할 필요도 없다.

4 외피들

윌리엄 윌키 콜린스의 소설 『월장석(The moonstone)』에서 도둑맞은 신비의 보석은 결국 자신도 모르는 새 아편에 취해 범죄의 불가결한 일부로 전락해 버린 프랭클린 블레이크라는 육체의 기계적인 측면을 폭로하는 계기로 작용한다. 즉 음모를 꾸미고 종국에 다이아몬드를 손에 넣은 이는 갓프리 에블화이트지만 실질적으로 월장석을 훔치고 운반하는 자는 블레이크라는 것이다. 어떤 계기로 인해 자아를 박탈당한 범죄 기계의 형상은 코넬 울리치의 『검은 커튼』에도 등장한다. 기억을 잃었던 지난 3년간 D. N이라는 이니셜로 지칭되었던 자신이 저질렀을 것으로 짐작되는 죄로 인해 범인으로 지목되고, 바로 이 사실로부터 사건의 전모를 재구성해 가는 프랭크 타운센드(그는 탐정이 된다.)가 또한 그렇다. 여기에서 D. N은 타운센드의 본래적 자아와는 무관해 보이며 단지 범죄를 저질렀을 것으로 가정되는 신체적 외피에 지나지 않는다. 하지만 바로 그 외피 때문에 타운센드로부터 분리될 수 없는 것으로 여겨지고 또한 추적당한다. 이외에도 필립 K. 딕의 SF 「도매가로 기억을 팝니다」와 이를 영화화한 「토탈 리콜」도 함께 거론될 수 있을 터다. 특히 폴 버호벤의 영화에 의하면 첩보원 하우저는 자신의 목적을 관철시키기 위해 기억을 제거한 자신의 외피에 선량한 소시민 퀘이드의 정체성을 이식하는 것을 마다하지 않는다는 점에서 능동적이며 따라서 일종의 역할 전도가 발생한다.

자신도 모르는 사이에 범죄를 저지르거나 범죄의 수단으로 이용당하고, 바로 그 이유로 말미암아 혐의자로 추적당하는 무력한 개인의 이야기는 이처럼 낯선 것이 아니다. 하지만 보다 중요한 것은 최면이나 약물, 기억의 조작이나 상실 등의 다양한 요인에 의해 자신도 모르는 사이에 범죄와 관련된 일련의 행동을 기계적으로 수행하는 신체의 형상이 의외로 유서 깊은 전통을 확보하고 있다는 사실이다. 일찍이 신체를 정신에 대립하는 기계 개념으로 파악한 데카르트적 관점을 통해 정립된 것으로 보이는 이것은 이른바 내면이나 기억이 박탈된 것으로 간주할 수 있는 휴머니티의 어떤 측면 내지는 역상(逆象), 순수한 의미의 외피 자체를 가리켜 왔다고 해도 좋다. 『넘버』에서 대현과 이명의 피할 수 없는 대결이 전개되기 위해서는 이러한 형상이 불가결하다. 즉 공교롭게도 넘버라는 숫자의 세계와 최면에 의한 기억의 부분적 박탈 사이의 상호 조력을 통해 찬탈 가능한 대현의 외피가 구성되고 있으며, 대현이 차지할 수밖에 없는 이명의 버려진 신분이라는 잔여 또한 존재할 수 있다는 것이다.

이러한 외피들을 둘러싸고 첨예한 투쟁이 벌어지는 가운데

이명은 물론 대현 또한 생명을 박탈당한 순수한 물질적 실체로서의 (여성들의) 사체와 그것에 새겨진 상흔들의 의미, 즉 그 외피에 반드시 기입되어야 할 내용(기억)에 그토록 집착하게 되는 것은 지극히 자연스러운 수순이다. 사실상 넘버라는 숫자가 구성하는 것에 지나지 않을, 그러나 자신을 결정적으로 식별 가능하게 만드는 신원의 회복에 구애되는 것 역시 유사한 맥락이다. 앞서 여러 차례 언급했다시피 본래 자기 것에 해당할 신분이나 외피 등을 박탈당했다는 멜랑콜리적 상실감이 대현으로 하여금 이명의 살인을 반복하도록 한다. 즉 꼰대의 육신에 지울 수 없는 자신의 흔적을 아로새기는 것 말이다. 이렇게 대현 또한 갈라테아라는 물질을 조각하는 피그말리온, 즉 예술가로 화한다. 이것이야말로 대현과 이명이 결정적으로 교차하는 지점이다. 원래부터 존재했을 것으로 가정되는 진정한 자기를 찾고자 하는 대현의 모험은 결국 자신과 타자의 욕망이 본래 별개가 아니었다는 사실을 인정하는 방향으로 철저히 유도되고 있다. 그리고 그것은 애초 이명이 출발했던 원점으로 회귀 아닌 회귀를 한 것이기도 하다.

그러나 자신과 타자의 외피에 무엇을 기입하려고 했든 대현이 이명의 음모를 저지하고 극적으로 승리를 거두었든 간에 넘버의 세계는 여전히 작동을 멈추지 않는다. 넘버의 부단한 작동 속에서 이명을 반복한 대현이라는 외피 또한 완전히 소거 불가능한 존재가 되었다. 대현과 이명은 재차 위치를 뒤바꾸게 될 뿐이다. 그럼에도 아무도 아니므로 누구든 될 수 있지만 '너(나)는 누구인가'라는 질문은 결코 포기되지 않는다. 꼰대는 죽었고 미스터리는 풀렸으며 이명의 존재는 사실상 말소되었지만 넘버와 같은 압도적 타자 앞에서 자신의 외피에 기입되어야 할 내용은 지속적으로 탐색되지 않으면 안 된다. 대현이 자신의 모험을 통해 그토록 구애되지 않을 수 없었던, 자신을 규정하는 외피 이면에 존재할 것으로 가정되는 '나(너)'란 누구인가라는 테제는 여전히 남는다.

이와 관련하여 보다 단순한 사례를 참조해야 할 것 같다. 영화 「페이스 오프」의 대단원은 자신의 얼굴을 되찾은 숀 아처를 아내와 딸이 기쁘게 맞이하는 장면으로 시작한다. 우위썬 감독 특유의 과장된 슬로모션과 원상회복된 가족의 미래를 축복하는 듯한 서광(瑞光)으로 충만한 그 시퀀스에서 그러나 한때 악당 캐스터의 것이기도 했었던 아처의 얼굴은 단순히 웃고 있다고 하기에는 복잡 미묘하게 동요하는 기색을 숨기지 못한다. 더욱이 아내 이브와 딸 제이미에게 최악의 악몽을 선사했던 바로 그 얼굴이 생환한 가운데 살해당한 아들 마이클의 자리에 들어오기로 된 이 또한 다름 아닌 캐스터의 아들 애덤이다. 물론 「페이스 오프」가 도덕적으로 안전한 결말을 택하고 있다는 것은 부정할 수 없다. 과거 아들을 지키

지 못했고 딸에게 꼰대 취급을 받고 있으며 무엇보다 아내(와 가족 전체)를 캐스터의 손아귀에 떨어뜨렸던 무기력한 가장은 이제 새로운 아들과 함께 더욱 강력한 권위를 회복한 채 복귀하게 될 것이다. 하지만 이러한 결과는 — 비록 아처 자신이 원한 것은 아니었지만 — 캐스터가 아처였고 아처가 캐스터일 수밖에 없었던 특정한 시기와 결코 분리될 수 없다. 그만큼 아처 가족이 회복한 평화와 안정의 배후에는 사실 캐스터의 그림자가 깊이 드리워 있다고 해도 좋다. 아처의 얼굴을 다시 떼어 내고 애덤이 그 혈연으로부터 완전히 분리되지 않는 이상, 캐스터라는 악몽과 완전히 결별한다는 것은 무리다. 오히려 아처의 얼굴, 애덤이라는 육체 자체가 그 악마성의 물질적인 징표라고 해도 좋다. 즉 아처(와 애덤)의 귀환은 액면 그대로 캐스터의 물질적인 일부 또는 전부가 복귀한 것일 터다. 아처의 흔들리는 표정은 아무래도 이 사실로부터 도망칠 수 없다는 것을 직감한 데서 온 것일지도 모른다.

물론 아처는 결백하다. 하지만 다름 아닌 자신의 얼굴, 정확히 말하면 아처 자신을 표상하는 육체의 일부가 죄를 지었다. 얼굴을 바꾸는 것을 받아들이지 않았다면 캐스터는 체포된 직후부터 더 이상 범죄를 저지르지 못했을 것이다. 보존 약품에 담긴 아처의 얼굴 피부가 그것의 물질성을 단적으로 상징한다. 더욱이 원수의 얼굴을 자신에게 이식하고자 했던 것도, 그것을 다시 원상회복하려고 했던 것도 결국 스스로의 결정이었다는 가혹한 진실을 부정할 수도 없다. 다만 아처는 일이 잘못되었다는 사실을 알지 못했고 자신의 얼굴을 한 캐스터가 악행에 부심하는 동안 철저히 무력할 수밖에 없었으며 오직 그것을 수습하기 위해 필사적으로 고군분투했을 뿐이었다. 그러나 그 결과 확인하게 되는 것은 자신의 얼굴을 한 타자가 저지른 악행이다. 그리고 일찍이 지젝이 『전체주의가 어쨌다구』에서 간파했던 것처럼 존 트라볼타는 아처보다 오히려 캐스터의 악행에 썩 잘 어울리는 연기자이며 니콜라스 케이지 역시 아처의 내면과 부합하는 외형이라는 것은 매한가지다. 더 나아가 캐스터가 대행했던 아처의 면모 그리고 그것에 근거한 악행들은 공교롭게도 가족 전체가 부지불식간 선망했던 남편과 아버지의 모습을 정확히 체현하는 것과 결코 무관하지 않다. 그것은 또한 애덤의 육체에 마이클이라는 내용을 깃들게 하려는 시도로 반복되고 있다. 그러므로 아처가 간절히 바랐던 나 자신의 모습은 여기가 아닌 저기, 바로 자신의 얼굴을 한 너라는 외피 너머에 있다고 해도 좋다.

그러므로 '나/너는 누구인가'라는 질문에 대해 유일하게 가능한 답변은 다음과 같은 명제다. 너는 나 그리고 나는 너. 외피라는 공백에 기입되어야 할 것은 이것이 전부다. 이것이야말로 타자의 진정한 얼굴이며 패치워크의 조각을 단일한 정체성으로 통합하는 유일무이한 가상이다. 그리고 대현과 이명이라는 동일한 외피를 공유하는 쌍생아가 그토록 서로에게 구애될 수밖에 없었던 근본적 이유이기도 하다. '너'를 자신의 얼굴로 삼기 위해 그토록 필사적일 수밖에 없는 주체의 보편적 숙명은 『넘버』에서 대현과 이명이 보여 주는 상호 모방을 통해 가장 치명적인 모습으로 우리 곁에 회귀하고 있는 것이다.

5 너의 얼굴로 돌아보라

홈즈와 모리어티가 서로의 진가를 알아볼 수 있었던 것은 범죄(수사/실행)에 관한 한 둘의 방법이 일치했기 때문이다. 의도와 목적이 어쨌든 간에 탐정과 교수는 단지 서로를 반복했을 뿐이었다. 그렇게 서로를 답습하면서 두 사람은 "범죄 세계의 나폴레옹"이란 지위를 두고 더할 나위 없이 격렬하게 반목했다. 나폴레옹은 또한 『적과 흑』의 줄리앙 소렐이나 『죄와 벌』의 라스콜리니코프 같은 문제적 개인이 유사하게 선망했던 '너의 얼굴'이다. 그러나 예의 나폴레옹의 위상을, 단지 숫자일 뿐인 넘버의 세계가 완벽하게 대체했을 뿐 아니라 그 비범한 개인들 또한 실상 자신과 같은 대상을 욕망할 뿐인 꼰대와 같은 비루한 존재로 예외 없이 전락해 버린 상황에서는, 홈즈도 모리어티도 소렐도 라스콜리니코프도 문제적 개인으로서의 의미를 상실한다. 단지 대현과 이명을 비롯한 『넘버』의 개인들처럼 서로의 욕망을 답습하면서 부단히 위치를 바꾸는 상호 모방과 타인 지향의 순환만이 지속된다. 그렇게 넘버 그리고 꼰대(들)의 지배 또한 결코 끝나지 않을 것이다. 그 이중삼중의 형해화(形骸化)된 형식들 속에서 '나는 누구이고 또한 무엇인가.'에 대해 가능한 유일한 응답은 다름 아닌 '너의 얼굴로 돌아보라.'는 것뿐이다. 물론 이에 응답한다고 해서 넘버의 무의미한 반복과 답습의 순환에 구애되지 않을 수는 없다. 하지만 그렇다고 해도 응답하지 않을 수도 없다. 모든 개인은 너의 얼굴로 돌아보았을 때 비로소 자기가 되었다. 『넘버』의 너와 나를 추적하는 모험은 이와 같은 역설을 적나라하게 체현한다.

노희준 1999년《문학사상》신인상에 중편소설「캔」이 당선되어 등단했다. 소설집『너는 감염되었다』와『X형 남자친구』, 장편소설『킬러리스트』와『오렌지 리퍼블릭』이 있다. 2006년 제2회 문예중앙 소설상을 수상했다.

넘버

1판 1쇄 찍음 2012년 10월 16일
1판 1쇄 펴냄 2012년 10월 23일

지은이 노희준
발행인 박근섭·박상준
편집인 장은수
펴낸곳 (주)민음사

출판등록 1966. 5. 19. 제16-490호
주소 (135-887) 서울시 강남구 신사동 506번지
강남출판문화센터 5층
대표전화 515-2000 | 팩시밀리 515-2007
홈페이지 www.minumsa.com

ISBN 978-89-374-8612-8 (03810)